선생님,
또 어디 가요?

선생님,
또 어디 가요?

이중생활자 박선생의 싸4가지 없는 여행기

박동한 지음

그래서 저는
또 여행을 합니다

처음 책을 펴내는 초보 작가는 세상 모든 것이 다 불안합니다. 시대의 흐름에 편승해 선행학습을 하고자 하루 종일 서점 한구석에 앉아 이미 출간된 여행 에세이를 차근차근 읽어보았습니다. '이런 사람들 사이에 내가 설 자리나 있을까?'라고 걱정할 줄 아셨죠? 천만에! 아닙니다. '까짓것 한번 붙어보자!'라는 말이 툭 튀어나오네요. 제가 어떻게 이런 근거 없는 자신감으로 똘똘 뭉치게 되었는지, 어쩌다 이 지경이 되었는지는 앞으로 펼쳐질 50가지 이야기를 통해 알 수 있으실 겁니다.

저는 정말 평범한 사람입니다. 누군가는 다니던 직장을 그만두고 여행을 떠난다는데, 저는 내가 가장 사랑하는 교사라는 직업을 포기할 용기가 없습니다. 또 누군가는 연애와 결혼을 포기하고 떠난다는데(에라이!), 저는 그 둘 중 어느 하나도 포기할 수 없습니다. 아니, 더 간절합니다. 남들이 하는 건 다 하고 싶으면서 특별해지고도 싶은 욕심쟁이라고 생각할 수 있겠지만, 저는 단 한순간도 내 삶과 여행이 특별하다고 생각해본 적이 없습니다. 그저 평범한 동기로 여행을 시작했고, 그 여행을 계속하면서 다양한 사람들을 만나 소중한 추억을 쌓아왔을 뿐입니다. 그래서 결론은, 지극히 평범한 '박동한'이라는 상품이 여행으로 이리저리 포장되어 꽤 특별해 보일 뿐이라는 겁니다.

누군가는 특별한 계기로 떠난 여행이 인생을 바꾸었다고 말합니다. 아! 저는 그 특별한 계기마저 없이 떠나곤 했네요. 심지어 여행이 인생을 바꿔놓긴 했는데 그게 썩 좋은 방향도 아닌 것 같습니다. 내 인생이 왜 이 꼴이 되었는지에 대한 답은 아직 찾지 못했습니다. 아니, 일부러 찾지 않고 있다고 해야 맞겠네요. 그래야 불쑥 배낭 메고 떠날 명분이 생기니까요. 그래야 가장 나다울 수 있으니까요.

제 입으로 말하긴 낯부끄럽지만 제 여행은 참 순수했습니다. 되돌아보니 꽤 아름답기도 했고요. 이 두 가지 상황을 연결해줄 수 있는 유일한 단어가 '동화'라는 생각이 듭니다. 저의 여행 이야기로 인해 여러분의 오늘 하루가 동화 같았으면 좋겠습니다. 이 책을 읽는 누군가가 어느 지점에서 펜을 꺼내 밑줄 한 번 그어준다면, 이 책이 누군가의 허파에 바람이라도 한 번 쑥 불어넣는다면 제 기준에서는 대성공입니다. 자, 미리 펜을 준비하시고, 저와 함께 떠나보시죠!

차례

우리는 같이 있었고,
가치 있었다. 같이의 가치

남녀노소, 예측 불가, 기상천외!
'꽃보다' 시리즈

특별한 경험 속에 체득한
삶의 지혜와 여행의 기술

자부심과 자만심,
자긍심과 부끄러움 사이

자아의 발견과 팽창
'빌어먹을! 여행이 내 인생을 망쳤다!'

그럼에도 멈추지 않는 발걸음,
또다시 길을 나선다

70억 분의 1 기적 같은 만남,
작렬하는 뒤끝

아프리카 청춘이다!
나미비아에서
성사된 소개팅

빈트후크(나미비아)
아프리카 남서부 대서양 연안에 있는 국가 나미비아의 수도. 바다 옆 광활한 사막을 볼 수 있는 비현실적인 곳.

아프리카 나미비아에 막 도착했을 때 나는 패닉 상태에 빠졌다. 서른 곳이 넘는 나라를 여행했지만 숙소 밖으로 한 걸음도 나서지 못한 것은 처음이었다. 밖에 돌아다니다간 맹수들의 먹잇감이 될지 모른다는 두려움 때문이었다. 그래서 서둘러 숙소에 들어왔다. 첫날엔 결국 아무것도 하지 못하고 다음 날 뭘 할지, 뭘 먹을지 생각하며 보내야 했다.

이튿날 아침, 이러다간 그토록 먼 거리를 고생해서 온 보람이 없다는 것을 깨달았다. 그제야 분주히 준비해서 숙소 문 밖을 나섰다. '뒤에 눈이라도 달렸으면 좋겠다'라는 생각이 들 정도로 온 신경을 곤두세운 채 길거리를 돌아다녔다.

한 시간 정도 지났을까? 구경은커녕 주변을 잔뜩 경계하며 걸었더니 진이 빠졌다. 비디오를 되감기하듯 걸어온 길을 떠올려 보니 한국인은 고사하고 아시아인을 단 한 명도 마주치지 못했다. 간간이 백인들을 보긴 했지만 그것도 말 그대로 간간이었다. 지나가던 차는 굳이 정차해 창문을 내린 뒤 나를 구경하며 비웃는 듯했고, 상점 안에 있던 아프리카인은 하던 쇼핑이나 마저 할 일이지 굳이 또 밖으로 나와 나를 조롱했다. 인종차별은 꼭 없어져야 한다고 생각해왔던 내가 흑인에게 인종차별을 당할 거라곤 상상도 하지 못했다.

그렇게 한 시간 만에 수십 명에게 인종차별을 당하자 아프리카 여행에 대한 회의가 들 정도였다. 아!프리카. 도대체 여길 왜 왔을까? 발걸음을 돌려 숙소로 돌아온 뒤에도 도저히 잠들 수 없는 밤을 보내야 했다. 숙소 로비에서 맥주 한 병을 사서 한적한 벤치에 앉아 앞으로 내가 아프리카에서 포기해야 할 것들을 정리해보았다. 우선 내가 그토록 좋아하던 밤과 새벽은 당연히 포기해야 했다. 진탕 술에 취해 길거리를 거니는 건 맨 정신이 아닌 채로 호랑이 굴에 들어가는 것과 다를 바 없었다. 아!프리카. 아!프리카.

한숨만 푹푹 내쉬다 인기척에 고개를 들어보니 그토록 찾아 헤매던, 아시아인으로 추정되는 중년 부부가 걸어오는 게 아닌가! 생김새를 보니 분명 한국인이었다. 한국인을 못 본 지 고작 3

한국인 부부를 만났던 숙소. 얼마 만에 만난 한국인이었는지…

일 남짓이었고 저 사람들의 이름도 직업도 모르지만, 왈칵 안겨
반가움을 표시하고 싶었다. 나만 그런 게 아니었다. 그분들도
같은 생각이었는지, 내 얼굴을 보자마자 "한국에서 오셨어요?"
라며 반가움이 잔뜩 담긴 인사를 건넸다. 같이 맥주를 마시며
여행과 삶 그리고 일상에 대해 이야기하다 보니, 서러움이 다소
누그러졌다.

아내는 인천의 한 학교에서 교사로 근무하고, 남편은 아내가
방학을 맞을 때마다 여행을 따라다니며 노후를 즐기고 있는 멋
진 부부였다. 이야기를 나누다 뜬금없이 여자분이 휴대전화에서

사진 한 장을 보여주었다.

"얘 어때요?"

"누구예요?"

"내 조카인데, 지금 호주에 있어요."

뭐라 대답해야 할지 살짝 당황했다.

"네. 근데 왜 저한테 사진을…?"

"내 조카 한번 만나보실래요?"

당시 약 8년째 연애를 안 하고 있던 나에게는 기습적인 질문이었다.

"지금 호주에 있는데 어떻게 만나요?"

"곧 한국으로 와요. 애도 선생님처럼 여행 좋아해서 지금 여행 중이에요. 공기업에 취직했는데 내년에 본사가 있는 대구로 이동해야 하거든요."

그분은 소개팅을 적극적으로 주선했지만 나는 끝내 거절했다. 아직은 인연을 만날 능력도, 용기도 없다고 생각했기 때문이다.

다음 날 아침, 다른 도시로 떠나는 부부는 끝까지 나에게 전화번호를 달라고 했으나, 나는 "인연이면 다시 만나겠죠"라며 알려주지 않았다. 돌이켜보면 그때 너무 시건방진 대답으로 두 분을 떠나보냈다는 생각이 든다.

이틀 후 나도 나미비아 빈트후크를 떠나 스바코프문트에 도착했다. 도시 이곳저곳을 돌아다니다 해가 질 무렵 숙소로 돌아가는데, 승합차 한 대가 갑자기 멈춰 섰다. 그리고 문이 열렸는데 놀랍게도 이틀 전에 헤어진 그 부부였다.

"세상에, 어떻게 여길…?"

"그러게요. 여기서 진짜 만나네요."

"이제 전화번호를 주셔야죠. 이 정도면 충분히 인연인 거 같은데."

그렇다. 이 정도면 충분하다 못해 대단한 인연이었다. 그동안 한사코 거절해 죄송했던 마음을 듬뿍 담아 매우 공손하게 내 전화번호를 드렸다. 진짜 인연이라면 다시 만나자며 인사를 나누

며칠 뒤 우연히 한국인 부부를 다시 만났던 나미비아 스바코프문트.

고 헤어졌는데, 남은 여행에서 두 번 다시 마주치지는 못했다.

2017년 2월 10일 졸업식. 첫 고3 담임을 맡아 학생들을 졸업시키고 시원함과 섭섭함 사이에서 아슬아슬 줄타기를 하며 집에 돌아와 무료한 시간을 보내고 있을 때, 전화 한 통이 걸려왔다.

"박동한 선생님이시죠?"

오늘 졸업식에 오신 학부모님인 줄 알고 먼저 여쭈었다.

"네. 어느 학생의 학부모님이신가요?"

"선생님, 안녕하세요? 저는 학부모가 아니라 그때 나미비아에서 만났던…"

"세상에! 까맣게 잊고 있었는데 진짜 연락 주셨네요."

"당연하죠. 선생님 귀국할 때까지 얼마나 기다렸는지 아세요? 오늘 우리 학교 졸업식이라 선생님도 지금쯤엔 한국에 들어오셨을 거라 생각해서 전화 드렸어요."

"네. 오늘 저희도 졸업식을 했어요. 그나저나 여행은 잘 마무리하셨어요?"

그렇게 안부를 물으며 반가운 인사를 주고받던 중, 그때처럼 대뜸 기습공격이 들어왔다.

"선생님, 제 조카 한번 만나보시죠."

이쯤이면 절대 거절해선 안 된다고 생각했다. 자그마치 지구 반대편에서 성사된 소개팅이었다. 실패하더라도 내 인생에 두고

두고 떠올릴 만한 추억이 될 거라 생각했다.

"당연하죠! 연락처 주세요. 제가 연락해볼게요."

그렇게 나는 뭐가 그리 급했는지 그분의 조카와 그 주 주말에 서울에서 만났다. 결론적으로 내가 초라해 보일 만큼 세련되고 자유분방하던 그 여성분과의 만남은 그날이 처음이자 마지막이었다. 대구로 내려오는 기차 안에서 문득 이런 생각이 들었다. '내 여행은 여전히 진행 중이야. 어쩌면 기막힌 인연이 또 나타날지 몰라.'

내 여행은 여전히 진행 중인데 기막힌 인연은 아직 나타나지 않았다. 아무렴 어떤가! 내가 여행을 끝낼 수 없는 핑계가 생겼다는 것으로 위안을 삼으면 그만이다.

지리 교사의
국립공원 집착이 만들어낸
뜻밖의 동침

그랜드서클(미국)
미국 서부에 위치한 그랜드캐니언, 자이언
캐니언, 브라이스캐니언, 앤털로프캐니언,
호스슈벤드를 통틀어 '그랜드서클'이라 부
른다.

대학에 갓 입학한 나에게 전공 책은 그저 그림책이자 사진집이
었고 감탄의 대상이었다.

"이야! 인수야, 여기 정말 죽여준다!"

"우리 평생 이런 데 한 번 가보겠나?"

"왜? 못 갈 이유라도 있나?"

전공 책을 보며 사진 속 절경에 감탄만 할 뿐이었던 그 시기,
우연히 들여다본 지형학 책에서 특히나 감탄했던 곳이 있으니,
바로 미국 서부에 있는 모뉴먼트밸리였다. 나바호 원주민들이
사는 곳으로, 드넓은 사막에 벙어리장갑 모양의 바위가 눈치 없
이 우뚝 솟아 있는 지형이다. 물론 그때는 그곳이 어디쯤에 있는
지, 어떤 곳인지 자세히 알지는 못했다.

처음 미국 여행 계획을 세울 때 뉴욕이나 로스앤젤레스보다 먼저 내 머릿속에 들어온 장소는, 다름 아닌 대학 시절 "왜? 못 갈 이유라도 있나?"라고 말했던 모뉴먼트밸리였다. 라스베이거스에서도 차로 약 여덟 시간 거리에 있어 혼자 찾아가는 것은 엄두도 내지 못했다. 현지 여행사를 수소문해봤지만 '당신이 계획한 일정으로는 거기까지 갈 수 없다'라는 답변만 돌아왔다. 내가 라스베이거스에서 보낼 시간은 총 5일인데, 모뉴먼트밸리에 가기 위해 3일 이상 투자할 수는 없었다. 1박 2일 동안 그랜드캐니언, 모뉴먼트밸리, 호스슈벤드, 브라이스캐니언, 자이언캐니언까지 둘러봐야 한다는 것인데, 이는 하루 만에 서울 찍고 목포 찍고 부산까지 찍는 것과 마찬가지였다. 그래도 포기할 수는 없었다. 라스베이거스에 있는 모든 한인 여행사에 메일을 보내 무조건 가야 하니 꼭 방법을 찾아달라고 부탁했다.

그렇게 며칠이 지났을까? 답장 한 통이 왔다.

"최소 여섯 명을 모아보세요. 그러면 저희가 그 일정을 진행해드릴게요."

그때부터 인터넷 카페, 블로그, SNS를 통해 1박 2일 동안 미국 서부의 자연경관을 둘러볼 사람들을 수소문했다. 하지만 쉽지 않았다. 누구나 아는 그랜드캐니언은 내가 굳이 모집하지 않아도 사람들이 모여들겠지만 나머지 장소는 그 존재 자체조차 아는 사람이 드물었기 때문이다. 지리 전공자나 보는 지형학 책에서 우연히 본 곳이었으니, 사람들이 관심을 갖지 않는 것은 어쩌면 당연한 일이었다. 이렇게 해서는 도저히 사람들을 모을 수 없을 것 같아서 사진과 설명을 곁들이기로 했다. 대문짝만 한 사진을 띄워놓고 "이건 이렇게 생겼어요" "이런 걸 실제로 보면 정말 신기하지 않을까요?"라는 부연 설명을 곁들였더니 한두 명씩 관심을 보이기 시작했다. 마침내 목표 인원수를 넘어선 일곱 명의 투어 참가자를 모집해 여행사에 알렸고, 곧 답변을 받았다.

"알겠습니다. 그 일정으로 저희가 투어를 준비하죠."

드디어 성공! 총 이동거리가 2000킬로미터에 이르는 말도 안 되는 일정을 1박 2일에 소화할 수 있는 여행사를 찾았고, 동행도 구한 것이다. 몸은 고되겠지만 나에게 주어진 시간으로는 이 방법이 최선이었다.

라스베이거스의 새벽은 뉴욕이나 런던의 한산하고 조용한 새벽과는 달랐다. 화려한 불빛 속에 여전히 많은 사람들이 술에 취해 비틀거리며 파티를 즐기고 있었다. 그 모습을 보며 '진정 환락과 타락의 도시구나'라고 생각하고 있던 차에, 큰 승합차 한 대가 호텔 로비 앞으로 다가왔다.

"박동한 씨죠? 안녕하세요? 저는 토머스 킴입니다. 오늘부터 함께할 여행 가이드예요."

라스베이거스의 분위기와는 사뭇 다른 부드럽고 신사적인 첫인상이었다. 1박 2일을 함께할 완벽한 투어 리더라는 확신이 들었다.

그런데 출발과 동시에 나온 그의 첫마디에 식은땀이 났다.

"동한 씨, 문제가 하나 있어요."

출발하자마자 문제라니… 원래 없던 여행 프로그램이었고 무리한 이동이었기에, 혹시 코스를 하나 빼자거나 다른 무언가를 희생하라는 건 아닌지 불안한 의심이 들었다. 다행히 내 기우는 틀렸다.

"남자가 총 다섯 명이라, 동한 씨가 오늘 밤 저하고 같은 방을 써야 해요."

그 말에 나도 모르게 미소를 지었다. 걱정했던 일이 일어나지 않아서, 그리고 밤새도록 좋은 이야기를 많이 들을 수 있을 거라고 기대해서였다.

그렇게 라스베이거스를 출발해 그랜드캐니언, 모뉴먼트밸리, 호스슈벤드를 거쳐 첫날 숙소가 있는

여행 이틀째. 앤털로프캐니언 앞에서 아메리카 원주민 가이드와 대화를 나누는 토머스 킴(왼쪽).

페이지에 도착했다.

"오늘은 제가 맥주 쏠 테니 마음껏 드세요!"

여행 중엔 1일 1맥주를 지키려는 나의 쓸데없는 신념을 토머스 킴이 자연스레 이루어주니, 모든 것이 완벽하고 아름다운 밤이었다. 토머스로부터 미국으로 이민 온 이야기, 지금까지 미국에서 살아남기 위해 했던 일들, 그리고 지금 하고 있는 일과 미래에 하고 싶은 일에 대한 이야기를 듣다 보니 자정이 훌쩍 넘었

어렵게 모집한 투어 멤버들과 앤털로프캐니언에서 함께 찍은 사진.

다. 피곤해서인지, 술에 취해서인지 기억이 잘 나지 않지만 어느새 잠이 들어버렸다.

다음 날 아침 분주하게 준비하고 다음 장소로 출발했다. 1박 2일의 짧은 시간이었지만 나는 토머스 킴을 '선생님'이라고 부르며 졸졸 따라다녔고, 귀찮도록 물어보고 쉴 틈 없이 대화를 나누었다.

"선생님! 저 여기 2년 안에 꼭 다시 올게요. 그때까지 여기 라스베이거스에 이 모습 그대로 있어주세요."

그렇게 작별인사를 하긴 했지만 정말 2년 후에 다시 만날 거라곤 토머스도, 나도 상상하지 못했다.

2년 만에 다시 만난
모뉴먼트밸리의 구세주
토머스 킴

모뉴먼트밸리(미국)
황량한 사막 위에 솟아 있는 304미터의
높은 절벽. 단단한 사암으로 이루어진 하
나의 고원이었지만, 바람과 물에 의한 침
식 작용으로 지금의 모습이 만들어졌다.

"어허, 이거 큰일 났다! 장 감독, 이거 어쩌니?"

"팀장님, 이제 겨우 시작인데 이거 어떡하죠?"

모뉴먼트밸리의 환상적인 경관을 담아내고 있던 드론이 추락했
다. 팀장님과 감독님이 심각한 표정으로 대화를 나누고 있었다.

"아, 여기서 드론이 떨어지면 어떡하나?"

"아마 사막 기온이 높아서 그런 거 같아요. 어떻게 방법이 없
을까요?"

"박 선생님, 혹시 여기서 라스베이거스까지 얼마나 걸리는지
아세요?"

"2년 전에 여행할 때 여기까지 차로 왔는데, 한 여덟 시간 정도
걸렸던 거 같아요."

드론이 추락하기 직전에 촬영한 모뉴먼트밸리의 고요한 풍경.

절망적이었다. 우리의 일정을 소화하고 라스베이거스로 돌아가려면 한참이나 남았고, 촬영에 드론은 필수였기 때문이다.

EBS의 〈세계테마기행〉이 다시 한 번 전성기를 맞게 된 것도 드론의 힘이 컸다는 말을 팀장님으로부터 들은 터였다. 그만큼 심각한 상황이었다. 속으로 '이러다 내 출연분 시청률이 바닥으로 떨어지면 어떡하지?'라는 분수 넘치는 고민도 했다.

"우선 점심부터 먹읍시다. 밥 먹으면서 대책을 논의하자고."

금강산만 식후경이 아니라 모뉴먼트밸리도 식후경이다. 촬영이고 드론 추락이고 일단 살기 위해선 먹어야 했다.

"주연아, 한국에 연락해봐. 여기에서 어떻게 해야 할지." 첫 미션은 피디님에게 주어졌다.

"장 감독, 이거 완전 박살나버린 거야? 도저히 못 살리겠어?" 두 번째 미션은 카메라 감독님에게 던져졌다. 마치 심폐소생술이라도 해서 드론을 살리라는 뜻 같았다. 다음 차례는 나였지만 거기에서 멈추었다. 하긴 나 같은 초보 출연자에게 이 사태에 대한 해결책을 기대하는 건 무리였을 거다.

그러나 내가 가만히 있을 팀원이던가. 나는 주어지지도 않은 미션을 군이 수행하고자 팀장님에게 물었다. "팀장님, 혹시 내일까지 새 드론이 도착하면 될까요?" 팀장님은 무슨 수라도 있냐는 듯 의심스러운 눈초리로 나를 보았다.

"방금 검색해보니까 라스베이거스에 드론 판매 매장이 하나 있어서요. 혹시 라스베이거스에서 이쪽으로 오는 사람을 통해서 드론을 받을 수 있지 않을까요?"

"물론 그게 최상의 시나리오긴 한데, 우리에게 전해줄 사람이 없으니까요."

"잠시만요, 제가 아는 사람이 있어요."

점심을 먹던 분주한 손길이 순식간에 멈추었고 모두의 시선이 나에게 쏟아졌다.

"아는 사람이 라스베이거스에 있다고요?"

"네, 2년 전에 가이드 해주신 분인데 계속 연락하고 있었거든요. 그분이 이쪽으로 오시거나, 아니면 그 여행사에서 이쪽으로 오는 다른 가이드가 있는지 알아보면 될 것 같아요."

"그럼 바로 연락 좀 해보시겠어요?"

미국으로 오기 전 토머스 킴에게 미국 촬영을 가게 되었다고 연락했던 터라 어렵지 않게 통화할 수 있었다.

"동한 씨, 모뉴먼트밸리 일정은 없는데 내일 호스슈벤드로 가요. 거기에서 만나는 건 어떨까요?"

다음 날 드론 없이 촬영한 모뉴먼트밸리의 일출.

호스슈벤드는 모뉴먼트밸리에서 차로 두 시간가량 떨어진 곳이니, 일곱 시간 거리의 라스베이거스보다는 훨씬 수월한 위치다.

"이야, 박 선생님 덕분에 일이 쉽게 해결되었네요!" 호랑이 같았던 팀장님이 그제야 미소를 지었다.

다음 날 저녁 호스슈벤드로 가는 길목에 있는 페이지라는 작은 동네에서 2년 만에 토머스 킴을 만났다.

"선생님!"

"동한 씨! 이게 무슨 일이래. 어떻게 여기서 다시 만나?"

"그러게요. 제가 2년 안에 다시 오겠다는 말 잊으신 건 아니죠?"

"그럴 리가. 동한 씨가 오길 기다렸지."

나는 촬영 일정으로, 토머스 킴은 투어 일정으로 시간이 빠듯했기에 긴 대화를 나누지 못한 채 헤어져야 했다.

"동한 씨, 언제 라스베이거스로 돌아가요?"

"한 5일 후에 들어갈 것 같아요."

"그럼 도착하면 연락해요. 맥주 한잔해야죠?"

그 후 토머스 킴을 다시 만날 날을 기다리며 정신없이 촬영에 임했고, 어느새 우리는 라스베이거스 호텔 라운지에서 얼굴을 마주 보며 맥주를 마시게 되었다. 지난 2년간 어떤 일이 있었는지, 지금은 어떻게 지내고 있는지 서로 안부를 물으며 재회의 기뿜을 누렸다.

　"선생님, 지난번엔 제 무리한 요구에 2000킬로미터를 이틀 동안 운전해주셨는데, 이번에도 구세주처럼 나타나주셨네요."

　"내가 좀 오래 살았지만 동한 씨 같은 이런 인연은 처음이네요."

　"정말 고맙습니다. 제가 어떻게 보답해드려야 할지 모르겠지만, 언젠간 꼭 제가 선생님을 도울 수 있는 날이 왔으면 좋겠네요."

　"에이, 부담 갖지 말고 언제든 또 놀러 와요."

　"선생님, 나중에 결혼하면 꼭 다시 찾아올게요."

　"그것도 2년 안에 가능한 일이에요?"

　"하하! 노력해볼게요!"

　비록 이번엔 2년을 훌쩍 넘겨버렸지만, 다시 토머스 킴을 찾아가겠다는 약속은 유효한 상태다. 하루라도 빨리 그와의 약속을 지켜야 할 텐데…

태양의 눈에서 흘러내리는 눈물이 마치 드론이 추락했을 때의 우리의 기분을 대변해주는 듯했다.

캐나다 옐로나이프에
떠오른 천사의 영혼
인간 오로라

많은 사람들의 버킷리스트 중 하나인 오로라 투어. 나 역시도 그
런 꿈을 가지고 있고, 아직은 현재진행형이다. 세계 이곳저곳을
돌아다니다 보니 얼추 웬만한 곳은 다 가본 듯해서, 이제는 보다
특별한 여행을 시작하고 싶었다. 그렇게 해서 고른 여행지는 북
위 62도에 위치한 캐나다 옐로나이프. 오직 오로라를 보기 위해
가는 곳이다. 한낮에도 기온이 영하 20도 정도이고, 밤이면 영하
40도까지 떨어지는 곳. 체감 온도는 더 낮아서 단단히 마음먹지
않고는 쉽지 않은 곳이다.

우리는 흔히 오로라를 특정 나라로 가면 언제든 볼 수 있는 현
상이라고 생각한다. 나도 그 '흔한' 생각을 했던 '우리' 중 한 명

옐로나이프 전경. 낮 기온 영하 20도, 저녁이면 영하 40도의 추위에 모든 것이 얼어버린다.

이었다. 캐나다 밴쿠버를 거쳐 캘거리를 경유해 옐로나이프에 어렵게 도착했다. 비행시간만 스무 시간, 경유 시간까지 포함하면 하루를 훌쩍 넘기는 장거리 비행이었다. 그렇게 옐로나이프 공항에 도착했을 때, 오로라 투어를 운영하는 여행사의 사장님이 "오늘 날씨가 안 좋은데 투어에 참여하시겠어요?"라고 물었다. 이게 도대체 무슨 소리인가? 오로라를 못 볼 수도 있다고?

"네? 그럼 오로라를 볼 수 있는 확률은 얼마나 되나요?"

"오늘 날씨를 보니 10~20퍼센트 정도일 것 같네요."

"그 확률이라도 도전해봐야죠. 여기에 오래 머물진 못하니까요."

그렇게 여행사 사장님과 함께 옐로나이프의 오로라 포인트를 샅샅이 뒤졌다. 밤 10시경부터 새벽 2시경까지 오로라 헌팅에 나섰지만, 결국 오로라를 보지는 못했다. 대신 사장님이 운영하는 숙소에 머물면서 사장님으로부터 설명을 듣고 오로라에 관한 진실과 오해를 알게 되었다. 결론은 내가 머무는 사흘 동안 오로라를 보지 못할 수도 있다는 것. 그리고 최근 지구 온난화로 인해 옐로나이프의 기온이 높아지면서 구름 낀 날이 많아 오로라 관측이 더 어려워졌다는 것이다.

절망스러웠다. 하루를 꼬박 투자해 날아온, 극한의 추위와 오로라 외에는 볼거리도 즐길 거리도 없는 이 도시에서 그 목적을 이루지 못하고 그냥 돌아가야 한다니. 여행에서 포기해야 할 것은 빨리 포기해야 앞으로 나아갈 수 있다는 사실을 알고 있었지만, 이번만큼은 쉽지 않았다.

그날부터 스마트폰 애플리케이션 등을 통해 나사, 미국 기상청, 캐나다 기상청 사이트를 샅샅이 뒤지며 옐로나이프 기상 상태에 대한 분석에 들어갔다. 구름의 이동 방향, 습도, 풍속 등 얕은 지식을 총동원했지만, 결론은 오로라를 볼 확률이 지극히 낮다는 것으로 수렴되고 있었다. 크나큰 좌절감에 하염없이 하늘만 바라보며 구름이 걷히길 기다렸다. 전전긍긍하던 내가 유일하게 마음이 편해지는 시간은 숙소 벽난로 앞에 앉아 있을 때와 사장님과 대화를 나눌 때였다. 잠시나마 오로라에 대한 집착을

인간 오로라 '소니'가 운영하는 숙소. 매일 이곳에선 눈에 보이지 않는 오로라가 떴다.

내려놓을 수 있었다.

옐로나이프에서 5년째 숙박업과 오로라 투어를 운영하는 한국인 소니SONNY는 5년 전 나처럼 오로라를 보러 옐로나이프에 왔다가 그 모습에 감동해 이곳에 정착한 부산 사나이다. 3년 전엔 결혼해서 귀여운 아기까지 생겼으니 그에게 이곳은 제2의 고향이었다. 그의 여행기와 정착 과정을 듣고 있자니 내가 이곳에 온 목적이 조금씩 흐려지기 시작했다. 이내 우리는 친형제처럼 하루의 일상을 공유했다. 아침에 일어나 시청에서 공급하는 물을 저장해두기 위해 물탱크를 여는 일부터 장보기, 눈 치우기,

하키 및 축구 관람 등, 저녁까지 우리는 함께 시간을 보냈다. 오로라를 못 봐서 아쉽지 않느냐는 그의 물음에 "괜찮아요"라는 말이 나올 때쯤, 나의 마음속엔 이미 오로라가 떠 있음을 느꼈다.

떠나기 전날, 그는 마지막 지푸라기라도 잡는 심정으로 옐로나이프를 다 뒤져보자며 나를 이끌고 밖으로 나갔다. 차에 고구마와 고무 대야를 실었다. 뼛속까지 시린 추위를 녹이기 위해 장작불에 고구마를 구워 먹고, 경사진 곳을 발견하면 고무 대야에 몸을 싣고 서로 썰매를 밀어주었다. 온몸이 눈에 파묻혀도 뭐가 그리 즐거운지 내가 낼 수 있는 가장 큰 소리로 웃었다. 비록 새벽 4시까지 이어진 오로라 헌팅은 실패했지만, 마지막 하루는 오로라에 대한 아쉬움을 채우기에 부족함이 없었다. 오히려 아쉬움이 더 큰 만족으로 승화되는 기적이 일어났다고나 할까.

다음 날 밴쿠버로 돌아가는 비행기를 타기 위해 공항으로 가야 했다. 혼자서 가겠다는데도 사장님은 한사코 배웅해주겠다며 차에 나를 밀어 넣었다.

"또 올게요. 소니 사장님 보고 싶어서라도 꼭 다시 올게요."

"저는 이제 더 북쪽으로 갈 거예요. 제가 아무리 멀리 가더라도 꼭 따라오세요."

공항에서 뜨거운 포옹을 나눈 뒤 그를 향해 깊이 허리를 숙여 인사했다. 여행의 목적이 이루어지지 않았음에도 최고의 여행을 만들어준 그에게 보내는 마지막 인사였다. 비록 오로라를 보지 못했지만, 내 마음엔 오로라를 담았다. 어쩌면 내가 이 먼 곳까지 날아온 이유는 인간 오로라 소니를 만나기 위해서가 아니었을까?

옐로나이프를 떠나기 전, 오로라는 못 봤지만 그 이상의 추억을 만들어준 소니와 찍은 마지막 기념사진.

'슬퍼 마, 손자!'
아메리칸 그랜드마마의
진심

좋지 않은 기억은 어떻게든 지워버리고 싶은 것이 인간의 본능이다. 나 또한 '좋은 게 좋은 거다'라고 생각해서 안 좋은 추억은 빨리 잊으려고 애쓰는 편이다. 방송처럼 과감하게 편집할 수 있다면, 그리고 두 번 다시 떠오르지 않게 삭제할 수 있다면 얼마나 좋을까? 내게도 머릿속에는 잔상으로 남아 있지만 불행 중 다행으로 방송에서는 편집되어 세상 밖으로 나오지 않은 기억이 하나 있다.

〈세계테마기행〉의 공식적인 첫 촬영지는 미국 서부 사막에 있는 카우보이 캠프였다. 카우보이의 일상을 체험할 수 있는 곳이지만 일반 여행객이 발걸음을 하기에는 힘든 곳이었다. 방송사

카우보이 캠프 입구. 여기에서 도대체 어떻게 촬영에 임해야 할지 아무것도 없는 사막처럼 막막했다.

입장에선 충분히 매력적인 포인트겠지만, 나 같은 아마추어 출연자에겐 사전 정보가 없어 최악의 장소였다.

라스베이거스를 출발해 약 네 시간 만에 도착한 카우보이 캠프에는 거동이 불편해 보이는 노부부와 수십 마리의 말만 덩그러니 있었다. 머릿속이 하얘지는 화이트아웃 증후군을 경험하는 순간이었다.

도대체 이곳에서 어떤 장면을 만들 수 있을까? 무슨 말을 꺼내야 할까? 처음 카메라 앞에 서는 것만으로도 긴장해서 입안이 바싹바싹 마르는데, 평소에 잘 쓰지도 않던 표준어를 쓰려니 혀까지 꼬였다. 세 번 정도의 실수는 애교로 넘길 수 있어도 그 이상은 팀장님도, 피디님도, 카메라 감독님도 피곤하게 만든다는 것을 잘 알고 있었기에 그다음부턴 정신을 더 바짝 차리게 된다. 하지만 첫 촬영이라 그런지 실수가 계속 이어졌다.

"죄송합니다. 한 번만 더 할게요"라는 멘트만 여섯 번째였다. 제한된 촬영 시간 안에 최대한 많은 장면을 담아야 하는 촬영팀의 입장에서는 '한 번만 더'라는 단어가 달가울 리 없었다. 분명 해가 중천에 떠 있을 때 도착했건만 어느새 노을이 지고 있었다. 가로등 하나 없는 사막은 어둠으로 채워지기 시작했다. 피로가

카우보이 캠프의 평화로운 모습. 그날 밤까지 악몽같은 촬영이 이어질 줄은 몰랐다.

극에 달한 촬영팀의 안색이 그 어둠만큼 점점 짙어지는 게 눈에 보이자, 아마추어 출연자의 부담감이 몇 십 배로 커졌다. 기어코 팀장님 입에서 볼멘소리가 터져나왔다.

"선생님, 이러시면 곤란해요. 내일 다른 곳으로 이동해야 돼요. 도대체 오늘 촬영분을 어떻게 채우려고 그러세요?"

순간 눈물이 핑 돌았다.

"죄송합니다. 정신 바짝 차리고 할게요."

정신은 바짝 차렸지만 내 마음대로 되는 건 하나도 없었다.

내 말문이 막힐 때마다 주변에서 쏟아지는 한숨 소리가 세상이 무너지는 소리처럼 들렸다. 카우보이 전통 저녁식사 시간이 되자 그 한숨 소리가 극에 달했다. 태어나서 처음 보는 두툼한 쇠고기 스테이크와 카우보이식 샐러드가 메뉴였는데, 스테이크는 너무 질기고 샐러드는 넘기기 어려울 정도로 짰다. 안 그래도 어색하기 짝이 없는 연기였는데, 질긴 스테이크와 소금 덩어리 같은 샐러드를 먹고 "아! 정말 맛있습니다"라고 말하는 건 죽는 연기를 하는 것보다 더 고통스러운 일이었다.

"너무 맛있네요. 이런 쇠고기 맛은 처음이에요."

"컷! 다시."

"고기가 정말 부드러워요. 이런 저녁이라면 매일 먹을 수 있을 것 같아요."

"컷! 다시."

"아, 정말 기가 막히네요. 말문이 막히는 맛입니다."

"컷! 아, 정말 말문이 막힌다."

내가 대사를 던지는 족족 "컷!"을 외치던 팀장님의 분노가 느껴지기 시작했을 땐, 포기하고 싶었고 도망가고 싶었다. 곤혹스러워하는 표정을 감출 수가 없었으니, 지켜보는 사람이 눈치를 못 챌 리 없었다. 물끄러미 쳐다보던 주인 할머니가 처음으로 입을 떼었다.

"잠시만요. 우리 10분 뒤에 다시 촬영해요."

모두가 의아한 눈빛으로 할머니를 바라보다가 무언의 동의를 한 듯 잠시 쉬는 시간을 가졌다.

"이봐요, 이리 와보세요." 할머니가 나에게 따라오라며 손짓했다. "많이 힘들죠?"

"처음이라 그런데 해내야죠."

"내 손자 같아서요. 지켜보는데 마음이 아파요."

"고맙습니다. 그리고 죄송해요."

"아니에요. 내가 할머니라고 생각하고 편하게 해보세요. 당신의 진짜 할머니는 한국에 있지만, 지금부터는 내가 당신의 아메리칸 그랜드마마예요."

카우보이 캠프에서 만난 할아버지, 할머
니. 촬영 첫날이라 정신이 없었던 탓에
함께 사진 한 장 찍지 못했다.

서러움에 시큰거리던 콧등이 더 이상 제어할 수 없을 정도가
되어버렸다. 나 하나 때문에 많은 사람들이 고생을 하고 있다는
생각에 얼마나 미안했는지 모른다. 어렵게 첫날 촬영을 끝내고
사막의 쏟아지는 별을 바라보다가 나도 모르게 깊이 잠들었다.

다음 날 아침 카우보이 캠프에서의 공식 일정이 마무리되었다.

"아메리칸 그랜드마마! 정말 고마웠어요. 어제 보여주신 그 따
뜻함은 평생 잊지 않을게요. 오래오래 건강하게 사세요."

"나의 한국 손자! 행운이 있기를 바랄게요."

어색했던 내 표준어도, 짜고 질겼던 저녁식사도 모두 편집되
어 세상 밖으로 나오진 않았지만 내 머릿속에는 생생히 남아 있
다. 아픈 기억이자 감동적인 하루로. 아메리칸 그랜드마마, 여전
히 나를 기억하고 계신가요? 아픈 데 없이 건강하신가요? 정말
보고 싶습니다!

'고마워,
손자의 그리움을 채워줘서'
카우보이의 수줍은 고백

카우보이 캠프를 떠나면 카우보이를 두 번 다시 마주치지 못할 줄 알았는데, 그게 아니었다. 미국 서부에서 그들을 만나는 건 한국에서 김씨 성을 가진 사람을 만나는 것만큼이나 쉬운 일이었다. 사막 촬영 막바지에 우리가 3일 동안 머문 숙소 또한 카우보이가 운영하는 로지[lodge]였다. 앞서 촬영한 카우보이 캠프가 인위적이었다고 생각될 만큼, 이곳은 진짜 카우보이의 모습을 그대로 간직하고 있었다. 아침식사가 따로 제공되지는 않았지만, 카우보이 할아버지는 사무실 주변을 기웃거리는 나를 손짓으로 불러 빵 몇 조각과 커피를 내주었다. 평소 내가 생각하던 카우보이의 강렬한 카리스마 대신, 인자한 미소와 저음에 특화된 목소리, 무심한 듯 세심하게 배려하는 키다리 할아버지였다. 처음에

카우보이 할아버지가 운영하는 숙소 전경.

는 아침에만 나를 부르더니 이후엔 내가 보일 때마다 사무실로
초대했다.

"이건 내가 20년째 쓰고 있는 볼펜이야."

"이 지도는 처음 내가 여기에 살기 시작했을 때부터 간직하고
있던 거야."

"내가 어렸을 땐 말이지…" 그렇게 물건에 담긴 추억을 이야기
하면서 어찌나 즐거워하는지, 중간에 말을 끊고 화장실에 가는
것조차 미안했다.

3일간의 사막 촬영을 마무리하고 라스베이거스로 돌아가는

카우보이 할아버지의 사무실 안. 작은 펜 하나, 종이 한 장도 그에겐 추억이 담긴 소중한 물건이었다.

날 아침에도 그는 어김없이 나를 사무실로 불러 잔을 가득 채운 커피를 건넸다.

"오늘 간다고?"

"네. 오전에 마지막 촬영을 하고 오후에 라스베이거스로 떠나요."

"벌써 떠난다고 하니 많이 아쉬워."

"저도요. 이곳에도 그리고 할아버지께도 정이 많이 들었는데."

"마지막으로 보여주고 싶은 게 있어."

늘 신나게 자신의 이야기를 하는 그의 모습도 오늘로 끝이라고 생각하니 아쉬운 마음이 들었다. 카우보이 할아버지는 사무실 문을 나서 뒤편의 방으로 가더니 액자에 들어 있는 사진 한 장을 꺼내 내게 보여주었다.

"이분, 혹시 한국인인가요?"

"맞아. 내 손자야."

"한국인 손자라고요?"

"아들이 한국 여자와 결혼했어. 이 손자는 지금 뉴욕에 있는 자동차 회사에서 일하고 있지."

"그걸 왜 이제야 이야기하세요? 정말 신기하네요!"

"네가 여기에 오는 순간부터 마치 손자를 보는 기분이 들었어. 그래서 네가 보일 때마다 이야길 하고 싶어서 불렀던 거야."

"한국인 손자가 있을 줄은 상상도 못했어요."

"나도 못 본 지 오래야. 내 눈에 한국인은 다들 비슷하게 생겨서 매일 손자를 보는 기분이었어."

사진 속 손자는 나와 닮은 구석이 하나도 없었지만, 할아버지는 손자에 대한 그리움을 나와의 대화를 통해 달래고 있었던 것이다. 시간이 없어 더 긴 대화를 나누지는 못하고 부랴부랴 마지막 촬영에 임했지만, 그날 하루 종일 할아버지의 모습이 머릿속을 떠나지 않았다.

모든 촬영을 마무리하고 라스베이거스로 떠나야 할 시간이 되었다. 짐을 챙기기 위해 다시 숙소로 갔을 때 우리가 돌아올 시간이라는 걸 알고 있었다는 듯 할아버지는 멀리서 여전히 인자한 모습으로 우릴 기다리고 있었다.

"저희 이제 라스베이거스로 떠나요. 여긴 정말 심심하고 시간이 더디게 가는 곳이지만, 다시 오고 싶은 매력이 있어요. 그러니 꼭 다시 올게요. 약속해요."

"꼭 다시 왔으면 좋겠어. 덕분에 나도 좋은 시간을 보냈거든."

"제가 2년 안에 다시 돌아온다면 저를 잊지 않고 기다려주실 수 있을까요?"

"하하, 물론이지. 난 이곳에서 40년 가까이 살았어. 앞으로도 이곳을 떠나지 않을 거고. 그러니 언제든 다시 돌아와."

"네! 저 절대로 잊으시면 안 돼요."

"손자를 어떻게 잊겠어?"

"기념으로 사진 한 장 찍어요. 사진을 보내드릴 방법은 없지만, 나중에 제가 다시 찾아왔을 때 이 사진 보고 기억해주셔야 해요."

할아버지 품에 안겨 서로를 기억할 수 있도록 사진을 남겼다. 그리고 두 손을 흔드는 그를 뒤로한 채 다음 목적지로 떠났다. 〈세계테마기행〉 촬영 후 지역 신문과의 인터뷰에서 내게 가장 기억에 남는 일정을 물었을 때 나는 그와의 만남을 이야기했다.

그리고 그 신문엔 그와 마지막으로 찍은 사진이 실렸다. 가끔 머그잔에 가득 담긴 커피를 볼 때마다 카우보이 할아버지가 생각난다. 비록 2년 안에 다시 오겠다는 약속은 지키지 못했지만, 그때의 사진을 품에 안고 언젠가 그를 다시 만날 날을 꿈꾼다. 다시 돌아갈 곳이 있다는 것, 그곳에 나를 그리워하는 사람이 있다는 것. 우리의 인생이 살아갈 만한 가치가 있다는 증거일 것이다.

그곳을 떠나기 전 "비록 얼굴은 까먹더라도 이 사진을 보고 꼭 기억해주세요"라고 말하며 그와의 추억을 한 장의 사진으로 남겼다.

인구 2만의
아르헨티나 시골 마을에서 이루어진
세렌디피티

엘칼라파테(아르헨티나)
아르헨티나와 칠레의 국경에 있는 인구 2만 명의 소도시. 이 동화 같은 마을에 전 세계 여행자들이 빙하 트레킹을 하기 위해 모여든다.

'뜻밖의 만남'이라는 뜻의 세렌디피티serendipity는 내가 가장 좋아하는 영어 단어 중 하나다. 모든 인연은 뜻밖의 만남, 우연한 만남에서 시작하기 때문이다. 그래서 모든 인연은 새롭고 반갑고 감사하다. 특히 여행에서는 더더욱. 지구 반대편 칠레의 푼타아레나스 길거리에서 〈정글의 법칙〉을 촬영하러 온 개그맨 김병만 씨를 우연히 만난 것도, 캐나다에서 옆자리에 앉은 동료 선생님을 만나 맥주 한잔한 것도 모두 세렌디피티가 아닐까.

2018년 1월 19일, 인구 2만 명이 사는 아르헨티나의 소도시 엘칼라파테에서 또 하나의 뜻밖의 만남이 있었다. 봄, 여름, 가을, 겨울의 사계절을 넘나드는 날씨를 가진 남미에서 20일 가까이 강행군을 한 탓에 결국 탈이 나고 말았다. 체력이 떨어져 일주일 넘게 감기로 고생하고 있었다. 그 감기는 나에게도 고생스러운 일이었지만, 함께 여행하는 선생님들과 제자에게도 분명히 고통스러운 일이었다. 지구 반대편까지 와서 개도 안 걸린다는 여름 감기에 걸리다니. 처방전 없이는 약을 구입할 수 없는 아르헨티나에서 내 증상을 아무리 호소해봤자 "물에 레몬즙을 짜서 마시면 괜찮아질 거야"라는 민간요법 처방만 내려졌다. 그럼에도 곧 죽더라도 신명나게 놀다가 죽어야 한다는 괴상스러운 신념을 지키고자, 쏟아지는 폭우를 맞으며 빙하 트레킹에 나섰다.

점심을 먹고 소화도 시킬 겸 자전거를 빌려 엘칼라파테를 돌아다녔다.

이쯤 되면 감기는 단순히 신체적 질병이 아니라 정신적 질환에서 온 것일지도 모른다는 생각이 들었다.

점심때 다시 돌아온 엘칼라파테에서 배불리 점심을 먹고 소화도 시킬 겸 영언, 동현이와 함께 자전거를 빌려 엘칼라파테 여기저길 샅샅이 누볐다. 흘러내리는 콧물을 있는 힘껏 빨아들이면서. 숙소에 돌아와 괜한 짓을 한 건 아닌지 후회를 할 무렵, 와이파이에 연결된 휴대전화에서 알람이 울렸다.

"선생님, 혹시 어디에 계세요?"

전국 지리 선생님들 사이에서 가장 유명한 스타인 윤신원 선

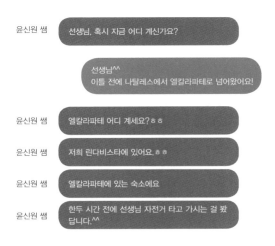

숙소로 돌아와 와이파이를 연결했더니 메시지들이 들어와 있었다.

생님의 메시지였다. 선생님의 메시지를 받는 것도 놀라운데 내게 어디냐고 물어보시다니! 세상에 이런 영광이 또 있을까? 아르헨티나 엘칼라파테에 있다고 지체 없이 답장을 보냈다.

"엘칼라파테 어디 계세요? 한두 시간 전에 선생님 자전거 타고 가시는 걸 봤답니다."

세상에 이런 일이! 한국에서도 쉽게 뵙지 못하는데 지금 나와 같은 공간에 계시다니! 그것도 우리 숙소에서 걸어서 5분도 안 걸리는 거리에! 선생님 숙소를 확인하고는 모자를 눌러쓰고 슬리퍼를 신은 채 앞만 보고 달려갔다. 물론 그 와중에도 콧물이 줄줄 흘러내렸다.

사진보다 훨씬 미인인 데다 엄청 젊어 보이는 선생님을 실물로 뵙자마자 허리를 90도로 숙여 연신 인사를 드렸다. 첫 대면이었지만 선생님은 자주 보던 사이인 것처럼 살갑게 맞아주셨다. 그런 선생님의 친절함에 반가움과 감사함 그리고 감동까지 느끼며 짧은 대화를 나누었다. 그러다 염치 불고하고 선생님에게 혹시 감기약이 있는지 불쑥 여쭈었다. 그러자 선생님은 마치 어린 양을 구원하러 오신 것처럼 온화한 미소를 지으며 내게 감기약 두 봉지를 건네셨다.

"한국에서 처방받아 온 감기약인데 딱 두 봉지 남았네요. 얼른 나아서 씩씩하게 남은 여행 잘 하세요."

"선생님, 아직 일정이 남으셨을 텐데 이렇게 전부 주셔도 되나요?"

"그럼요. 선생님이 얼른 건강해져야죠."

뜻밖의 만남이 가져다주는 선물치곤 값지다 못해 은혜롭기까지 했다. 숙소로 돌아와 선생님들과 동현이에게 약봉지를 흔들어 보이며 "윤신원 선생님께 받아왔어요! 얼른 나아서 씩씩하게 여행하라고 하시네요" 하고 연신 자랑을 했다. 그 약 덕분에 일주일째 이어지던 감기는 이틀 만에 떨어졌고 34일간의 남미 여행을 잘 마무리할 수 있었다.

그리고 반년이 지난 2018년 여름, 남미의 여름을 비웃기나 하듯 한국에서는 40도에 육박하는 찜통더위가 맹위를 떨치고 있었다. 경북대학교에서 1급 정교사 자격증을 취득하기 위한 3주간의 연수가 시작되었다. 연수 첫날, 일정표와 강의 그리고 강사 목록에서 낯익은 이름을 발견했다. '성남고등학교 윤신원.' 혹여 몇 초 사이에라도 선약이 생길세라 급하게 선생님한테 연락을 드려 저녁식사 약속을 잡았다.

"선생님, 올해는 여름에만 두 번 뵙네요."

"그러네요. 정말 이렇게 또 만나네."

그날, 근사하진 않았지만 성의를 다해 저녁식사를 대접하며 6개월 전 감기약으로 진 빚을 조금이나마 갚았다. 그리고 선생님을 동대구역까지 모셔다 드리고는 인사를 드렸다.

"선생님! 다음번엔 어디서 만나게 될지 벌써부터 기대가 됩니다!"

그대들을 그리고
나를 향한 고백

20대 마지막 버킷리스트
제자와의 여행을 마치며

_제자 동현이에게

동현아! 교사로서 수업을 잘하는 것도 중요하고 생활지도를 잘하는 것도 중요하지만, 난 너희들이 스스로 꿈을 찾아가도록 옆에서 동기부여를 해주고 지지해주는 일이 가장 중요한 역할이라고 생각했다. 근데 안타깝게도 너희는 닭장에 갇힌 닭처럼 너희가 좋아하는 것도, 잘하는 것도 해보지 못하고 벌써 졸업을 앞두고 있구나. 하하.

나에겐 33일, 너에겐 19일간의 여행이 끝나고 너는 로스앤젤레스를 경유하기 위해, 나는 뉴질랜드 오클랜드를 경유하기 위해 따로 또 다른 여정을 시작했지. 마냥 아쉬워하는 네 모습을 보면서 애써 태연한 척하며 "끝은 끝이다. 그래야 다른 시작을 하지. 이제 또 다른 시작을 하러 가자"라고 말하면서도 이 말로 네 아쉬움을 달랠 수는 없을 거라는 생각에 마음이 아팠다. 그리고 끝내 뒤돌아보지 않고 게이트로 들어가는 네 모습에 코끝이 시려지더라.

선생님은 스무 살에 첫 여행을 하고 '내가 지금까지 얼마나 잘 못 살아왔는지, 그리고 앞으로 어떻게 살아야 할지 알게 된 것 같다'라고 생각했어. 오늘 네가 "선생님, 제가 무얼 고쳐야 할지, 앞으로 어떻게 살아야 할지 배운 여행이었습니다. 감사합니다"라고 말하는 모습을 보니, 스무 살의 내가 떠오르더라. 네가 서른이 될 때 나보다 훨씬 더 나은 삶을 살 것이란 확신도 들었다. 절대 현재에 안주하지 말고 스스로를 한계까지 몰아세워라. 우린 절대 실패하거나 죽지 않는다. 단, 한계를 뛰어넘을 때 새로운 자신을 발견하고 성장할 거야. 스스로 한계에 도전할 때 성장의 재미를 느낄 것이고, 불가능이란 없음을 깨달을 거다. 그게 내가 여행에서 배운 가장 큰 유익함이었다.

나에게 제자와 함께하는 여행은 언젠가 꼭 이루고 싶은 일이기도 했어. 그 일의 시작이 되어준 너에게 고마운 마음을 전한다. 사실은 영웅이가 그 시작을 열 줄 알았는데, 하하. 비록 "햄

버거 먹을래, 스테이크 먹을래?"라는 내 물음에 항상 눈치 없이 "스테이크요!"라고 대답한 네 덕분에, 보충수업도 안 한 내 카드 내역서에는 보충수업비를 훌쩍 넘는 금액이 찍히겠지만 아무렴 어떠냐! 내 서른, 네 스물의 추억은 돈으로 환산할 수 없는 것인데. 네가 말했듯 인생을 조금씩 바꿔가기 시작하면 그 가치는 무엇과도 바꿀 수 없는 너만의 '자아'가 될 거다. 여행은 결국 자아를 찾아가는 위대한 과정이란 나의 말을 잊지 않기 바란다.

기억나니? 처음 네가 칠레 산티아고로 들어온 날. 웰컴 드링크

아르헨티나의 페리토 모레노 빙하에서 동현이와 함께 위스키 한 잔.

라며 와인에 맥주까지 마시고 자정이 넘어서 산티아고 시내를 달리던 그날을. 푼타아레나스에서 신라면 아저씨가 "학생은 스승을 존경하고, 선생님은 결혼해서 와이프랑 다시 오라"고 했던 말을. 푸에르토나탈레스에서 맞이한 네 생일날 내가 저녁을 해 주겠다며 카레 가루 뿌린 치킨을 만들어서 먹어보라고 협박하던 내 모습을. 토레스델파이네에서 내가 한 시간이나 먼저 정상에 도착했을 때 네가 "선생님, 정말 코리안 크레이지 가이네요. 인정합니다"라고 했던 일을. 모레노 빙하 트레킹을 하며 18년산 위스키에 3만 년산 얼음을 넣어 언더락으로 한잔하던 날을. 부에노스아이레스에서 구겨진 셔츠를 곱게 다려서 쫙 빼입고 탱고 쇼 갔던 날을. 라보카에서 아르헨티나 여자와 손잡고 탱고를 추며 부끄러워하던 모습을. 이구아수 폭포에서 유이하게 열대지역 스콜을 뚫고 악마의 목구멍으로 돌진한 우리를 보며 외국인들이 엄지를 치켜세웠던 일을. 탱고 클래스에서 파트너를 바꾸어가며 탱고를 배우고 10년 뒤 우리의 미래를 이야기했던 일을. 다시 돌아온 부에노스아이레스에서 술 마시며 테라스에서 나누었던 진솔한 이야기를. 보카주니어스 경기장에서 대마의 유혹을 이겨내며 그들과 함께 어울려 응원했던 일을. 마지막을 불태우자며 새벽 4시까지 부에노스아이레스 최고의 클럽에서 술을 진탕 마시며 즐거워하던 일을. 이 정도만 떠올려봐도 우린 참 많은 일

이구아수 폭포에서 '선생님과 제자 사이'라는 말에 놀라며 한국인 관광객이 찍어준 사진.

을 함께했구나.

  푸에르토나탈레스에서 내가 말했었지. 여행을 준비하는 몇 개월 동안은 설레고, 여행을 하는 동안은 힘들고 외롭고 배고프다고. 하지만 여행의 그 추억은 평생 가니까 현재에 너무 만족하거나 배우려고 노력하지 말라고. 우리가 함께한 지난 시간들이 평생 좋은 추억이자 자극이 되길 바란다. 로스앤젤레스로 떠나는 비행기를 타러 홀로 가는 네 뒷모습을 보니 참 자랑스럽고 대견하더라. 서른 시간 가까이 혼자서 환승까지 해가며 나를 만나러 왔고, 혼자서 숙소 체크인하고, 내가 한번 해보라는 일은 주저하지 않고 곧장 해내는 너는 내가 아는 스무 살 중 최고의 최고다! 자부심을 가지렴. 네 삶과 네 경험에 대해. 이 글을 쓰다 보니 이번 여행에서 내가 너에게 배운 게 참 많은 것 같다. 앞으로 같이 성장하고, 같이 걸어가자. 너의 서른, 그때 우리 다시 서로를 비교해보자. 훌쩍 성장한 네 모습을 기대한다. 고생했다. 그리고 고맙다.

2018년 1월 29일
뉴질랜드로 향하는 비행기에서, 선생님이

20대의 시작을 함께한
선생님과의 여행을 마치며

_박동한 선생님께

박동한 선생님! 기억하십니까?

　혼자 서른 시간 이상 비행하고 칠레에 도착한 뒤, 숙소를 잘못 찾기도 하고 여러 우여곡절 끝에 선생님을 만났던 순간을. 웰컴드링크라며 칠레산 와인과 맥주를 마시고 산티아고 광장과 골목을 뛰던 그날 밤을. 칠레에서 겨우 하루 만에 한식 먹고 싶다고 해서 혼났던 순간을. 산타루시아 언덕을 오르며 인생 샷을 찍어주시곤 돈 내놓으라 하시던 일을. 푼타아레나스 신라면 가게 앞에서 만난 한국인이 "오늘 여기 김병만 왔다 갔대요"라고 한 말을 "오늘 여기 두 명만 왔다 갔대요"라고 들은 선생님과 논쟁을 벌인 다음 날 우연히 김병만 아저씨를 만난 일을. 푸에르토나탈레스에서 선생님이 차려주신 상다리 부러질 것 같았던 제 생일상을.

동현이 생일날 근사한 칠레 와인으로 분위기를 내보자며 맨발로 풀밭에 서서 마신 와인.

　토레스델파이네에서 한 시간이나 먼저 도착해서 기다리는 선생님을 보고 "코리안 크레이지 가이"라며 혀를 내두르던 순간을. 모레노 빙하 트레킹 끝에 마신 3만 년산 얼음을 넣은 18년산 위스키의 그 쓴맛을. 부에노스아이레스에서 웃통 벗고 조깅하며 처음 느껴본 그 극한의 자유를. 가장 아름다운 카페와 가장 아름다운 서점을 보며 촌스럽게 감탄하던 그때를. 라보카에서 처음으로 아르헨티나 여자와 손 잡고 탱고를 춘 경험을. 다리미로 곱게 다린 셔츠를 입고 갔던 고급 탱고 쇼의 영화 같은 밤을. 이구아수 폭포를 지나며 맞은 스콜과 그때의 외침을. 보카주니어스 경기장에서 약쟁이들의 유혹을 끝끝내 거부하며 그들과 함께 응원했던 그 열정을. 그리고 남미에서의 마지막 밤을 불태워보자며 마신 술과 클럽에서의 방탕한 밤을.

토레스델파이네 정상에서 한참을 기다려서야 도착한 동현이와 함께.

"여행은 준비할 땐 설레지만 막상 떠나면 여행의 설렘은 온데 간데없고 배고프고 힘들다. 하지만 여행의 추억은 평생 가니까 여행 중에 꼭 뭘 얻거나 자신을 변화시키려고 하지 마라"라던 선생님의 말씀처럼, 이번 여행을 하면서 여행이 재미있다고 생각한 적이 거의 없었습니다. 하지만 선생님은 뉴질랜드로, 저는 로스앤젤레스로 떠나기 전 공항에서 "재미있다는 표현이 어울리는 여행은 아니었지만 뭔가 모르게 배운 게 많은 거 같아요. 그저 즐겁기만 한 여행보다 더 가치 있는 여행이 아닐까요?"라고 말하자, 선생님은 "이 녀석은 왜 이제 와서 표현하고 그러노?"라면서도 이렇게 말씀하셨죠. "맞다. 선생님도 그래서 여행한다. 너 자신의 한계에 도전하고 극복하다 보면 새로운 자신을 발견할 것이고 그러다 보면 성장의 재미를 느낄 거다"라고. 마지막으로 포옹하고 헤어질 때, 처음으로 '아! 여행 오길 참 잘했다'라고 생각했습니다. 그리고 도저히 선생님을 볼 수 없어 뒤도 돌아보지 않고 곧장 탑승구로 향했습니다.

저는 지금 로스앤젤레스에 도착해 할리우드에서 잘 놀고 있습니다. 선생님과 헤어지고 여기 도착한 지 몇 시간 되진 않지만, 혼자 여행하며 많은 생각과 고민을 하고 있습니다. 어쨌든 졸업식 전날 한국으로 돌아가기로 마음먹었습니다.

이번 여행을 통해 저는 오랜 시간 안고 있던 우울증과 사람에 대한 실망으로 완전히 문드러진 저 자신을 발견할 수 있었습니다. 하지만 그런 저 자신과 부딪칠 용기가 없어 말도 많이 못했고 표현도 하지 못했습니다. 부에노스아이레스 테라스에서 술에 진탕 취한 채 선생님과 진솔한 이야기를 나누던 때, 그때조차도 진심을 털어놓지 못하는 저 자신을 마주하고 정말 속상하고 슬펐습니다. 어쩌면 이번 여행이 저의 그런 모습을 대면할 수 있게 해준 시간이었던 것 같습니다. 솔직히 지금도 두렵고, 용기를 내는 게 어렵습니다. 하지만 여행 한 번에 이 모든 것이 해결된다면 누구나 여행을 떠나겠지요. 그러면 여행의 가치는 빛나지 않을 것이고요. 이번 여행이 저에게 준 가장 큰 선물은 '이제는 용기를 내야겠다'고 마음먹게 된 것입니다. 선생님이랑 헤어지기 바로 직전에 나누었던 '재미있는 여행'에 대한 이야기보다 더 큰 가치가 바로 이것이 아닐까 합니다.

솔직히 고등학교 3학년 때 선생님에게 싫은 소리를 듣거나 혼날 때마다 너무 힘들었습니다. 그때 저는 '담임선생님보다 무조건, 무조건 잘 살아야겠다'라고 다짐했습니다. 담임선생님보다 잘 살면 무엇이든 해낼 수 있는 사람이 될 거라고 생각했기 때문입니다. 선생님은 늘 저에게 "너의 서른 살이 지금 나의 서른 살보다 훨씬 더 훌륭할 것이고, 존경받는 사람이 되어 있을 것이다"라고 칭찬해주셨습니다. 제가 "선생님! 10년 뒤면 영화 〈친구〉에서 유오성을 불러 세운 선생님처럼 저한테 벌벌 떠시는 거 아닙니까?"라며 장난처럼 말했을 때 선생님이 웃으며 했던 말들을 꼭 기억하며 살아가겠습니다.

"스테이크 먹을래? 햄버거 먹을래?"라는 물음에 선생님 주머니 사정은 생각하지도 않고 항상 스테이크라 대답했지요. 10년 후, 서른 살에 제가 선생님보다 더 멋진 사람이 되어 꼭 보답하겠습니다. 선생님이 말씀하신 것처럼 아무럼 어떻습니까! 저의 스무 살, 선생님의 서른 살, 돈으로 환산할 수 없는 여행이었는데. 무엇보다 '용기'와 '사람'을 느끼게 해준 선생님께 감사와 존경을 표하고 싶습니다. 선생님, 감사합니다. 그리고 사랑합니다.

2018년 1월 29일

로스앤젤레스에서 제자 류동현 올림

우루과이 콜로니아에서 목이 말라 슈퍼마켓을 찾다가 결국 식당에 앉아 맥주를 마셨다.

졸업을 앞둔 제자들에게
부에노스아이레스에서 보내는
편지

Buenos
Aires

여행 31일째. 이번 남미 여행의 마지막 날, 아르헨티나의 수도 부에노스아이레스.

새벽 5시가 조금 넘은 시각에 눈을 떴다. 여행 중에는 잠자는 시간을 최소화하기 위해 항상 알람을 6시에 맞추어놓는다. 그런데 이번 여행에서는 알람이 울릴 때까지 잔 적이 단 한 번도 없었다. 아니, 생각해보니 모든 여행에서 그랬던 것 같다. 이유는 두 가지다. 오늘 하루에 대한 기대와 설렘 때문에, 그리고 여행에 대한 긴장감 때문에. 그런데 곧 한국으로 돌아가는 비행기를 타야 하는 터라, 지금 일어나면 스물네 시간을 뜬눈으로 보내야 한다. 갑자기 왠지 울컥해진다. 그렇다. 아무리 여행을 많이 한다고 하지만, 가끔 여행 중에 회의감이 들곤 한다. '내가 왜 여기까지 와서 이런 고생을 할까', '한국에 있었으면 이 돈으로 많은 걸 할 수 있을 텐데' 하는. 지나고 보면 참 부질없고 철없는 생각이지만 이 순간만큼은 진지하게 다가온다. 옆에서 아무나 "굿모닝!" 하고 인사를 건네주길, 아니 내가 지나가는 누군가라도 붙잡고 "굿모닝!" 하고 아침인사를 건네고 싶은, 외롭고 우울한 새벽이다.

간밤에 페이스북에 올려놓은 사진에 달린 댓글, 제자들이 보내온 메시지를 보니 기분이 한결 나아졌다. "보고 싶습니다!" "언제 오세요?" 하는 아이들의 안부 문자에 금세 힘이 나는 것 같았다. 그리고 생각했다. '아! 정말 다행이다. 이 여행이 끝나고 돌아갈 곳이 있다는 게, 내가 다시 돌아가면 반겨줄 사람이 있다는 게.' 한없이 조용한 부에노스아이레스의 새벽. 숙소 책상에 앉아 무언가를 적기 시작했다. 곧 다가올 아이들 졸업식에서 해줄 인사말. 몇 번이나 쓰고 지우기를 반복하다 보니 결국 새 종이에 완성된 원고를 옮겨야 했다. 퇴고 작업을 아무리 거쳐도 글을 다시 보면 고칠 내용이 또 나온다. 그래도 이번만큼은 지금 이 글 그대로를, 여기에 깃든 감정 그대로를 아이들에게 전달하기로 결심했다. 글을 쓰면서 작은 웃음을 짓기도 하고 콧등이 시큰해지는 순간도 있었다. 이 아이들과 보낸 1년의 시간이 결국 나의 역사에 기쁨과 슬픔, 분노와 사랑, '희로애락'이었다는 것을

제자들과 함께 복고 패션을 테마로 떠났던 경주 소풍. 출발 전 영천역 앞에서.

알게 되었다. 누군가 내 삶에서 이렇게 다양한 감정을 함께 공유해준다는 것. 참으로 감사한 일이다. 아이들에게 보내는 편지로 이 글을 마무리한다.

2017년 2월부터 2018년 2월까지, 한 편의 삶, 우리의 미니드라마가 끝이 났다. 시작의 신선함과 패기, 한없이 계속되던 고통의 중간 과정, 그리고 장엄한 결말까지! 처음 너희들을 만났을 때는 '많은 것을 가르치고 많이 성장시키자'라는 마음을 품고 있었건만, 지금 이 순간 오히려 '내가 너희들에게 인생을 배웠다'라는 생각이 드는 건, 우리가 함께한 중간 과정에 나의 부족

경주에서 2인3각 달리기, 꼬리잡기, 말타기를 하며 온 시선을 집중시켰던 날.

함이 있었다는 숨길 수 없는 증거인 것 같다.

어떤 일이든 끝이 나면 시원 섭섭함이 있지만, 이번만큼은 섭섭함이 더 큰 것 같다. 어느 쪽이든 간에 나의 서른 살, 그리고 너희들의 열아홉 살은 인생 황금기의 한 페이지로 기록되겠지.

끝은 끝이다. 다만 그 끝에 뒤끝이 있을 뿐. 어색하던 모든 것들이 익숙해지고 그것이 소중해지는 과정. 참으로 감사한 일이지만 이별만큼은 쓸데없이 요란스럽구나.

어떠한 이별이든 감내하기가 쉽지 않아 차라리 만나지 않았으면 하는 생각도 들지만, '회자정리會者定離'라는 고상한 말로 스스로를 위로해본다. 말 그대로 스스로 위안을 삼을 뿐이지 이별을 감내하기 위해 또다시 부단히 노력해야 한다는 사실에 벌써부터 걱정이 앞선다. 단지 '거자필반去者必返'이라는 말로 그 아쉬움을 채우고 이겨낼 뿐이다.

오늘로 담임선생님과 학급 학생이라는 공식적인 관계는 끝나지만 스승과 제자로서의 관계가 시작되는 날이기도 하다. 세상에 죽으라는 법은 없으니 젊음을 무기로 부딪치고 상처가 나면 아물 때까지 기다렸다가 다시 부딪치다 보면, 결국 내면의 무언가가 깨지면서 새로운 세상을 만날 수 있을 거다. 혹시나 상처가 아무는 데 시간이 오래 걸리거나 혼자 이겨내기 버겁거든 언제든지 찾아와라. 그때도 우리의 시대는 중간 과정에 속할 테니까. 우리는 여전히 인생의 황금기를 보내고 있을 테니까.

고맙다! 돌아올 곳을 만들어주어서, 돌아오면 반겨줄 사람들이 되어주어서. 졸업을 축하한다. 나는 너희들이 언제든 돌아와도 되는 곳이며 언제 돌아오더라도 두 팔 벌려 반길 테니, 너희는 세상에서 치열하게 싸우고 버티고 이겨내라. 믿기지 않겠지만 너희는 지난 1년 동안 그 방법을 배웠단다. 그리고 이제 온전히 너희 것이 되어 사회에 나갈 준비를 마쳤다고 생각한다. 너희는 늘 나의 자부심이었고, 자랑이었다. 앞으로도 그렇겠지만.

다시 만나자. 여전히 나의 자부심인 채로, 너흰 또 다른 누군가의 자부심이며 자랑이 된 채로. 2018년 2월 8일 헤어진 모습 그대로.

부끄러운 고백:
부에노스아이레스에서
가져온 지갑 속 1달러

깜비오
'환전'을 뜻하는 스페인어.

"깜비오! 깜비오! 깜비오!"

아르헨티나 거리를 걷다 보면 이 소리를 백 번은 족히 들을 수 있다. 도대체 '깜비오^{cambio}'가 뭐기에? 아르헨티나는 시중 은행에서 환전을 하면 환율이 좋지 않아 대부분의 사람들이 이렇게 길거리에서 깜비오를 외치는 사람들에게 환전을 한다. 소위 암환전 시장인데, 이 사람들은 불법이지만 달러를 벌 수 있고 여행객은 더 좋은 환율로 환전할 수 있기에 서로에게 남는 장사인 셈이다. 하지만 유의할 점이 있다. 사기를 당할 확률이 높다. 예를 들어 200달러를 받고는 100달러 한 장과 1달러 한 장을 내보이며 "너 왜 1달러를 줬어? 100달러를 줘야지"라고 한다든가, 마술처럼 지폐를 감추고는 아예 받지 않았다고 우긴다고 한다. 그뿐 아니라 위조지폐를 내주는 경우도 있고, 나중에 세보면 약속한 금액보다 적은 경우도 허다하다. 그럼에도 불구하고 여행객들은 이 깜비오를 찾아다닌다.

지금까지 여행하면서 사기를 당해본 경험이 없어 자만심이 하늘을 찌를 때쯤, 나에게도 위기가 찾아왔다. 아르헨티나에서 거의 일주일 가까이 이 암환전을 이용했는데, 편하기도 하고 문제가 생긴 적도 없었기에 잠시 긴장을 놓고 말았다.

그날도 환전하기 위해 부에노스아이레스 거리를 걸으며 "깜비오, 깜비오!"를 외치는 사람들의 인상착의를 곁눈질하고 있었

'깜비오'를 무한재생으로 들었던 부에노스아이레스의 거리.

다. 물론 겉모습만 보고 판단할 순 없지만, 사기를 피하려면 가장 착해 보이는 사람을 찾는 것이 최선의 방법이니까.

　그렇게 길거리를 배회하는데 어디선가 한국어로 "환전, 환전!" 하는 소리가 들리는 게 아닌가? 지금까지 열심히 곁눈질로 탐색하던 노력이 무색할 정도로 나도 모르게 고개를 180도 돌려 그 사람을 응시했다. 한눈에 봐도 별 몇 개는 달았을 듯했고, 덩치를 보아하니 나 정도는 한 손으로도 제압할 만한 체격이었다. 하지만 나는 이미 환전을 하러 돌아다니는 여행객이라는 것을 들킨 후였다. 눈이 마주치자마자 그 사람은 내게 다가와 "환전?" 하고 물었다. 나는 마치 뭔가에 홀린 듯이 "예스! 아이 원트 환전!"이라는 우스꽝스러운 두 개 언어로 답했다. 그 사람은 주변에 경찰들이 있으니 사무실로 가자고 했고, 나는 이번에도 또 홀린 듯이 그를 따라나섰다. 근처 건물 엘리베이터를 타고 3층 사무실로 가는 동안 의심이 들기는 했지만, '설마 사기를 당하겠어?' 하고 안일하게 생각했다.

　사무실에는 유리벽 너머에 한 남자가 앉아 있었다. 그는 나에게 얼마를 환전할 거냐고 물었다. "300달러를 환전하겠다"며 100달러짜리 세 장을 건넸다. 그런데 도대체 왜 그랬는지는 모르겠는데 지갑에 있던 10달러짜리 지폐를 바닥에 떨어뜨리고 말았다. 10달러를 줍고 고개를 들자마자 유리벽 너머 사내

부에노스아이레스의 여름. 남미의 파리라는 별명을 가진 낭만과 열정의 도시.

가 나에게 "너 왜 201달러만 줘?"라고 말하며 100달러짜리 두
장과 1달러짜리 한 장을 흔들어 보였다. 젠장, 찰나에 당해버렸
다! 경찰에 신고하겠다는 나의 외침은 그들에겐 그저 지나가는
강아지가 짖는 소리에 불과했다. "난 분명 100달러짜리 석 장을
숙소에서 가지고 나왔고, 너흰 지금 나를 속이고 있어"라고 아
무리 외쳐보았지만 그들은 눈 하나 깜짝하지 않고 1달러 지폐를
보란 듯이 흔들어댔다. 낯선 공간, 험상궂게 생긴 남자들 앞에서
내가 할 수 있는 일은 그곳에서 조용히 나가는 것밖에 없어 보였
다. 그게 목숨이라도 건지는 길이었다. "원래 약속했던 200달러
에 20달러 더 환전해줄 테니 이걸로 기분 풀어"라는 그들의 호

의와 배려에 감동해야 할지 욕을 퍼부어야 할지 몰랐지만, 그렇게 나는 220달러어치 환전한 돈과 1달러짜리 지폐를 쥔 채 터벅터벅 걸어 나왔다.

숙소에서 기다리던 부장님과 영언이 그리고 동현이에게 각각 50달러어치를 주며 "드시고 싶은 거 있으면 드시고, 사고 싶은 거 있으면 사세요"라고 말하면서도 차마 100달러를 1달러로 바꿔온 이야기는 하지 못했다. 부장님, 영언아, 동현아! 내가 지금까지 이 일에 대해서 함구한 것은 사기를 당한 게 너무 부끄러워서였습니다. 아직도 내 지갑 속에는 그때 아르헨티나에서 건너온 100달러 가치를 띤 1달러 지폐가 고이 모셔져 있답니다. 혹시 알아요, 이 1달러짜리 지폐가 진정한 가치를 발휘하는 순간이 올지? 언젠가 지갑 속 1달러를 꺼내며 솔직하게 털어놓으려 했지만, 이제야 이 자리를 빌려 말합니다. 1달러 지폐가 100달러짜리 지폐가 되는 기적 같은 일이 일어나길 바라며.

부에노스아이레스에서 가져온
100달러의 가치를 지닌 1달러.

고등학교 짝꿍과
태풍 뚫고 도쿄 여행

고등학교 2학년 때, 나는 한국지리에 매료되어 있었고 짝꿍이던 석주는 일본어에 푹 빠져 있었다. 우리는 야간 자율학습 시간에 공부는 안 하더라도 한국지리와 일본어 책은 늘 펴놓고 있었다.

"나는 나중에 지리 선생님 될 끼다."

"니가 지리 선생님 되면, 나는 도쿄 좋은 직장에 취업해서 일본에서 살 끼다."

우리는 늘 이렇게 티격태격 대화를 나누며 자습시간을 보냈고, 어느덧 시간이 흘러 사회로 진출할 준비를 했다.

그로부터 정확히 10년 뒤인 2014년 9월, 나는 지리 선생님으로 정식 임용되었고, 석주는 도쿄에 있는 한 소프트웨어 회사에 취업해서 일본으로 갔다. 누군가는 우리가 나눈 대화를 웃어 넘겠겠지만, 당시 우리는 진지했고 그렇게 될 거라고 서로를 믿고 있었다. 우리가 꿈을 이룬 그해, 추석 연휴를 맞아 나는 석주를 만나기 위해 도쿄에 가기로 했다.

"석주야, 내 이번 추석 연휴 때 도쿄에 가볼까 하는데 만날 수 있겠나?"

"당연하지! 니 오면 도쿄에 유명한 곳은 내가 다 데리고 갈게!"

그렇게 나는 10년 만에 꿈을 이룬 짝꿍을 만나기 위해 도쿄행 비행기에 몸을 실었다. 짧은 비행시간이었지만 꿈만 같은 친구와의 재회에 설레었던 기억이 아직도 잊히지 않는다. 우리가 꿈을 이루고 다시 만나다니! 그것도 도쿄에서. 하지만 그런 우리의 만남을 시샘이라도 하는지, 도쿄는 내가 도착한 날부터 떠나는 날까지 태풍의 영향권에 들어 있었다.

억수같이 쏟아지는 비를 뚫고 도착한 도쿄 시내에서 만난 석주는 유창한 일본어로 지나가는 사람들에게 오지랖 넓게 말을 걸고 있었다. 10년이면 강산도 변한다는데, 석주는 10년간 변하지 않은 모습을 굳이 이렇게 티내며 두 눈으로 확인시켜주었다. 지겨울 정도로 쏟아지는 비와 무섭게 불어대는 바람에도 여행은 여행이기에 어디라도 떠나야 했다. 물론 석주는 오늘은 그냥 술이나 한잔하며 살아온 이야기나 나누자는 아주 간절한 눈빛을 보냈다. 애석하지만 그것은 도쿄에 거주하는 사람의 입장이지

태풍이 잠시 잔잔한 틈을 타 아름다운 석양이 지는 오다이바.

여행자의 마음은 아닌 걸 어쩌겠는가. 석주를 설득하는 것은 예상보다 쉬웠다. 우리는 태풍을 뚫고 오다이바로 가는 지하철을 타기 위해 이동했다. 문제는 여기에서 발생했다.

내가 보고 있는 지도에선 서쪽으로 가라고 하는데 석주는 동쪽으로 가야 한다고 자꾸 우겼다. 지리 교사로서 길을 못 찾는 것만큼 굴욕적인 일은 없지만, 혹시라도 잘못된 길로 가다가 원망을 듣는 것보다 차라리 석주의 말을 듣는 편이 나을 거라고 생각했다.

"석주야, 니 뜻대로 가자."

"그래, 아무리 니가 여행을 많이 다녔어도, 내가 도쿄에 온 지 한 달이 다 되어가는데 길 하나 못 찾겠나?"

그렇게 우리는 하염없이 이동했다. 오다이바의 반대편으로.

"앞으로 누가 도쿄 놀러오거든 절대 나서지 말고 그냥 뒤에서 쫓아만 다녀라."

황금 같은 시간을 허비한 나는 석주를 한심하다는 눈빛으로 쳐다보며 놀렸다. 그렇게 느즈막이 도착한 오다이바는 환상적인 야경을 선사했고, 비도 그쳤다. 조금 먼 길을 돌아왔지만 더 좋은 환경에서 친구와 함께 시간을 보내라는 뜻으로 받아들이고 해변가에 앉아 이런저런 이야기를 나눴다.

"니 다음 꿈은 뭐고?"

"내? 여기 도쿄에서 좋은 여자 만나서 결혼하는 거지, 뭐."

"그때 내가 축하해주러 다시 도쿄 와도 되겠나?"

"당연하지! 언제든 환영이다."

10년 전 그날처럼, 우린 다가올 미래에 대해 이야기하며 아름다운 도쿄의 밤을 만끽했다.

그리고 4년이 지난 2018년 9월. 석주는 일본인 여자친구 아유미와 결혼하기 위해 한국에 잠시 들어왔다. 예식 당일 호텔 식당에서 아침을 먹으며 예전 일을 떠올렸다.

"석주야, 이제는 우리 무슨 말 하기가 무섭다."

"그러게. 14년 전에 교실에서 했던 이야기, 4년 전 바닷가에 앉아서 맥주 마시며 했던 이야기가 다 이뤄졌네. 그것도 9월에."

"우리 정말 철없을 때가 엊그제 같은데 짝꿍 결혼식 날 호텔에서 아침밥 먹고 있고, 출세했네."

"그래서 니는 이제 뭐하려고?"

"글쎄다. 나도 결혼하고 싶은데."

"드디어 못 이루어질 약속이 나왔네."

늘 그랬듯이 우리는 웃고 떠들며 잠시나마 행복한 시간을 보냈다. 나는 학생들에게 우리의 이야기를 두고두고 회자하고 있다. 단순히 옛 추억을 이야기하려는 게 아니라, 우리가 꿈을 이룬 과정을 들려주고 싶어서다. 우린 특출한 능력이 있는 건 아니었지만 자신이 원하는 꿈을 향해서 오직 직진만 했던 그런 사람들이었다고. 그리고 상상해보라고. 지금 생각하는 미래의 내 모습이 10년 뒤 현실이 되었을 때를. 그나저나 이젠 나도 결혼을 해야겠지? 그래야 할 텐데.

**'동한아,
아사쿠사에서 소원 빌 땐
꼭 구체적으로 빌어야 한다.
명심 또 명심해라!'**

浅草

아사쿠사(일본 도쿄)
도쿄 인간 신앙의 중심지인 센소지(淺草
츄)를 비롯해 전통 신사, 절, 불상 등이 잘
보존되어 있어 일본의 전통미를 한껏 체
험할 수 있다. 운세를 보고 소원을 비는
사람들로 1년 내내 붐빈다.

영혼의 짝꿍 석주를 만나기 위해 두 번째로 도쿄를 찾았다. 첫 방문 땐 석주가 취업한 지 얼마 지나지 않은 상태였기에 오히려 내가 데리고 다니며 관광을 시켜줬는데, 다시 도쿄를 방문했을 땐 이 자식, 예쁜 일본인 여자친구까지 생겼다. 그렇게 다시 만난 우리는 마치 길을 지나가다가 오랜만에 친구를 만난 듯 그리 반갑지도, 그렇다고 그리 서먹하지도 않게 인사를 나누었다.

"석주야!"

"그래, 동한이 왔나?"

"그래, 별일 없었제?"

무미건조해 보이지만 이런 인사 정도가 서로를 환영하는 방식이었다.

첫 도쿄 여행에서 정보도 별로 없이 다녔더니 도쿄에 대한 호기심이 아직 남아 있었고, 이제는 든든한 가이드도 생겼다고 생각하며 편한 마음으로 두 번째 도쿄 여행을 시작했다. 물론 고등학교 시절 못생겼다고 놀려댔던 짝꿍이 어떤 여자를 만나고 있는지도 궁금했고. 저녁 무렵 숙소 근처에 있는 지하철역에서 석주와 아유미를 만나기로 했다. 보통은 친구의 여자친구나 와이프를 만나면 참 잘 어울린다는 생각이 든다는데, 내 친구한테는 참으로 미안한 말이지만 '도대체 아유미가 무슨 생각으로 석주를 만날까?'라는 생각부터 드는 건 어쩔 수 없었다. 한국 문화와 한국 가수에 관심이 많은 아유미는 간단한 한국어를 할 줄 알았다. 우린 서로에 대한 정보 몇 가지를 교환했다. 김제동 뺨 칠 만큼 언변이 좋은 석주는 우리 둘 사이가 어색해지는 타이밍을 정확하게 포착하고 분위기를 띄울 줄 알았다.

"석주야, 내 지난번에 일본 왔을 때 기억나나?"

"뭐가?"

"4일 머무르는데 이틀은 태풍의 간접 영향권, 하루는 직접 영향권, 그리고 마지막 날 맑았잖아."

"하하하! 기억한다. 그때 고생 많았지."

"그때 날씨 때문에 못 갔던 곳이 있는데 같이 갈래?"

"어딘데?"

"아사쿠사. 너희 집 바로 옆에 있던 그 사찰 있잖아."

"거 가면 내 또 할 말이 많다. 가자."

우리가 일본 역사에 대한 지식이 얕았던 터라 아유미 찬스를 쓰는 것은 기가 막힌 타이밍이었다. 사찰을 둘러보다 갑자기 석주가 걸음을 멈추었다.

"동한아. 여기가 소원 들어주는 곳이다."

"그래? 그럼 나도 소원을 빌어야지."

"잠깐만! 소원을 빌 땐 정말 자세하게 빌어야 한다. 내가 일본 도착하자마자 여기 와서 소원을 빌었거든. 일본인 여자친구 만나게 해달라고."

"진짜 소원 이뤄졌네?"

"응. 진짜 딱 일본인 여자친구 만났지. 그때 '예쁜' 일본인 여자친구라고 빌었어야 했는데."

"오빠!"

아유미의 목청에 지나가던 사람들이 놀라서 우리를 쳐다봤다. 그나저나 아무리 봐도 의문이다. 아유미가 왜 석주를 만나주는지. 도대체 얼마만큼 봉사정신이 투철해야 저 인간을 만날 수 있는지. 어찌되었건 숨을 길게 내쉰 뒤 마음속으로 내가 빌어야 할 소원을 정리했다. 단 하나의 소원을 최대한 자세히. 그러곤 눈을 감고 두 손을 모아 기도했다. '나를 떠나간 그 사람을 다시 한 번 만나게 해주세요. 꼭 다시 만나고 싶어요.' 눈을 뜨고 뒤돌아서며 석주와 아유미에게 미소를 건넸다. 꽤 간절히 소원을 빌었으니 한번 기다려보자는 무언의 표현이었다.

일본 여행을 마치고 한국으로 돌아온 지 일주일쯤 지났을까. 2년 전 잠시 스쳐 지나간, 그러나 짙은 잔향을 남기고 간 그녀를 우연히 마주쳤다. 기적 같은 일이었다. 바로 석주에게 연락을 했다.

"석주야, 내 아사쿠사에서 소원 뭐 빌었는지 아나?"

"뭔데?"

"그때 내 마음을 훔쳐간 그녀를 다시 만나게 해달라고 했지."

아사쿠사에서 소원을 빌고 있는 석주와 아유미. 그들의 소원은 이루어졌을까?

"오! 그래서 결과는?"

"다시 만났다 아이가."

"정말? 세상에, 우째 이런 일이 있노. 그다음은?"

"그다음이 문젠데⋯ 내가 소원 빌 때 그 여자 다시 한 번만 만나게 해달라고 했거든."

"근데?"

"진짜 다시 한 번만 만나고 떠났다."

"야! 내가 분명히 소원은 아주 구체적으로 빌어야 한다고 말 안 했나? 다시 만나서 결혼하게 해달라, 다시 만나서 두 번 다신

밝게 빛나던 아사쿠사의 밤. 더 밝게 빛났던 그날의 소원. 그리고 꺼진 불빛과 인연.

그대들을 그리고 나를 향한 고백

헤어지지 않게 해달라, 그렇게 빌었어야지!"

"내 진짜 바보다. 그 이야기 듣고도 그렇게 소원을 빌었으니."

석주의 잔소리는 더 이상 이어지지 않았다. 짝꿍이 퍽 가련해 보였는지 짧은 침묵을 지키다가 이내 위로의 말을 건넸다.

"다음에 도쿄 오면 다시 한 번 빌어봐라."

"됐다. 그때는 또 다른 소원이 생기겠지."

그 후 아직까지 도쿄에 가지 않았다. 떠나간 그 사람이 잊힐 때쯤, 그리고 새로운 인연이 찾아와 절대 놓치지 말아야겠다는 생각이 들면 그때 다시 도쿄에 가리라 결심한 채로.

콩글리시가 쏘아 올린 작은 변화, <세계테마기행> 통편집의 아픔

2015년 봄. 고등학교에서 교직생활을 시작하고 얼마 지나지 않아 평소 친분이 있던 선생님한테서 연락이 왔다. EBS 〈세계테마기행〉 시청자편에 출연해보지 않겠느냐는 제의였다. 그동안 또래들에 비해 여행 경험이 많다는 것을 자부하긴 했지만 내공이 그 정도라고는 생각해본 적이 없었다. 내가 감히 명함을 내밀 곳이 아니라고 생각해서 완곡하게 거절했다. 하지만 전국의 지리 선생님들이 모여 다양한 활동을 하는 '최지선'(최선을 다하는 지리선생님 모임)에서 더 적극적으로 응원해주니 여차저차 지원하게 되었고, 160:1이라는 어마어마한 경쟁률을 뚫고 합격했다. 태어나서 겪은 내 인생 최대의 경쟁률이었고, 앞으로 살면서 이런 경쟁률을 통과할 일이 또 있을까 싶을 정도로 기적 같은 일이었다. 그리고 5월 말, 드디어 미국으로 떠나는 여정이 시작되었다.

인천공항에 도착했을 때 담당 팀장님, 피디님, 카메라 감독님, 총 세 분이 나를 기다리고 있었다. 상상도 못했다. '네 명이서 미국 촬영을 한다고? 그것도 열흘 동안이나?' 잔뜩 부풀었던 기대가 온갖 걱정으로 바뀌었다. 어찌나 걱정되고 긴장했던지 여권을 어디에 두고 왔는지 깜빡 잊어 공항 여기저길 헤매고 다녔다. '평정심을 유지해야 해. 10년 가까운 역사를 지닌 프로그램을 만들어오신 분들이니, 나는 그냥 능력자들만 믿으면 될 거야.'

그렇게 속으로 되뇌며 하와이를 거쳐 첫 번째 촬영지인 라스베이거스에 도착했다. 저녁 늦은 시간에 도착했지만, 두 번째 만나는 라스베이거스는 나를 흥분시키기에 충분했다. 화려한 불빛과 그보다 더 화려한 사람들을 보면서, '지금까지 불가능을 가능으로 바꾸어왔으니 이것쯤이야!'라고 생각하며 나

EBS 〈세계테마기행〉 촬영 일정표. 그야말로 죽음의 스케줄이었다.

도 화려한 패기로 무장했다. 시차 때문에 잠을 이루지 못한 우리는 간단히 맥주를 한잔했고, 팀장님에게서 촬영에 대한 기본적인 정보와 촬영에 임하는 자세, 촬영 과정과 편집 방법 등에 대해 설명을 들었다. 그렇게 라스베이거스의 첫날 밤을 마무리했다.

이튿날 아침, 퉁퉁 부은 눈으로 그날의 목적지인 유타주에 있는 카우보이 캠프로 출발했다. 목적지까지 이동만 한다고 들었는데, 갑자기 팀장님이 소리쳤다.

"내려! 여기에서 하나 찍고 가자."

대본도 계획도 없었다. 볼거리만 있다면 그곳이 촬영지가 되고 내 무대가 되었다. 생전 처음 카메라 단독 샷을 받으며 촬영을 하는데 영 시원찮다. 나 스스로가 불만족스러운데 앞에 계신 세 분은 오죽했으랴. 슬쩍 눈치를 보니 '이번 촬영은 쉽지 않겠구나'라는 표정이었다. 다시 차를 타고 이동하는 동안 두 눈을 부릅뜨고 눈앞에 보이는 풍경을 계속 주시했다. 그리고 "내려!"라는 말이 떨어지자마자 내 입에서 바로 멘트가 나올 수 있도록 정신무장을 했다. 그렇게 긴장된 세 시간의 이동 끝에 카우보이 캠프에 도착했다.

평소 여행을 할 때 외국어의 중요성을 묻는 사람들에게 난 "죽지 않을 만큼만, 살아서 돌아올 만큼만 하면 된다"라고 당당히 대답하곤 했다. 그때까지 내 영어 실력은 딱 먹고살 만큼이었다. 그런데 이번 미국에 온 이유는 여행이 아니라 시청자에게 정보를 전달하고 여행지를 소개하기 위해서였다.

사실 난 〈세계테마기행〉의 출연자들은 주어진 대본을 자연스럽게 읽어내는 것이라 생각했다. 하지만 내 손에 쥐어진 건 단 하나도 없었다. 내가 가진 영어 지식과 피디님 어깨 너머로 전달받은 온갖 영어를 다 사용해봤지만 한계가 있었다. "이거 주세요." "이거 얼마예요?" "여기까지 데려다주세요." 이런 영어는 이 프

모뉴먼트밸리에서 만난 외국인 친구들. '인스타그램 아이디 알려줘'가 대화의 전부였다.

로그램에서 쓸 일조차 없었다.

결국 그날 팀장님한테 호되게 혼이 났다. 성인이 되고 그렇게 혼이 난 건 처음이었다. 첫 촬영지가 사막 한가운데라 각자 1인용 텐트에서 잤는데, 그날 섭섭한 마음에 술 한잔 거하게 마시고 누워 있자니 눈물이 주르륵 흘렀다. 하지만 여기에서 포기하거나 낙담한다면 그건 내가 아니라는 생각이 들었다. '보란 듯이 해내는 것이 내 모습이다'라는 혼잣말을 반복하다 잠들었다. 그날 이후 하루 일정이 마무리되면 다음 촬영지에서 어떤 질문을 하고, 어떤 표현을 쓸지 영어로 메모하고 준비했다. 아침에는 한두 시간 일찍 일어나 쿡 찌르면 그 표현들이 입 밖으로 튀어나올 정도로 연습했다.

연습해둔 표현 가운데 실제로 쓴 것은 절반 정도에 불과했지만, 노력이 헛된 건 아니었다. 어쨌거나 돌아오는 비행기 안에서 팀장님으로부터 첫 촬영치곤 정말 잘했고 고생했다는 말을 들었으니 말이다. 언어는 단지 표현의 한 가지 수단일 뿐, 표현 방법은 무한하다는 내 신념이 깨졌다. 먹고 자고 이동하는 데 필요한 생존 영어가 아니라, 지적인 발전과 내 삶에 긍정적인 영향을 미치는 여행을 하기 위해서는 심화 영어가 필수라는 사실을 깨달았다.

그날 이후 나는 출근 전 20분씩 화상영어를 통해 3년 가까이 영어 공부를 했고, 이제는 누구도 부럽지 않을 만큼의 회화 실력을 갖추게 되었다. 그전에는 택시를 타면 "여기까지 데려다주세요"가 전부였지만 지금은 "이 도시의 역사는 언제부터인가요?" "왜 이 도시의 축구팀은 세계에서 가장 악명 높은 라이벌이 되었나요?"라고 묻고 대화를 나누게 되었다. 보고 느끼고 맛보는 여행을 넘어, 배우고 나누고 채우는 여행이 그때부터 시작되었다.

시크릿캐니언 가이드 트레잇. 투어 가이드 알렉스와 함께.

고작 세 명?
카메라는 단 한 대?
<세계테마기행>이 완성되기까지

"세상 참 좋아졌다!"라고 말하기엔 아직 부끄러운 나이지만, 세상이 많이 좋아지긴 했다. 안방에 앉아서도 해외여행을 다녀온 것처럼 느끼게 해주는 방송 프로그램들이 날이 갈수록 많아지고 있고, 뛰어난 촬영기술은 우리 눈으로 볼 수 있는 것 이상을 보여준다. EBS에서 방영하는 <세계테마기행>은 한국인이 사랑하는 프로그램 순위에 꾸준히 들 정도로 호평을 받는 방송이다. 내가 이런 프로그램에 출연하게 된 건 정말 영광스러운 일이다. 그런데 촬영을 하면서 이 좋은 프로그램 이면에 정말 많은 사람들의 노고와 헌신이 있다는 걸 알게 되었고, 이후로 프로그램을 볼 때는 경건한 마음까지 든다.

처음 충격을 받은 것은 촬영팀의 인원이었다. 기본적으로 카

EBS 〈세계테마기행〉 촬영팀 김성문 팀장님. 신주연 피디님. 장동민 카메라 감독님과 함께.

메라 몇 대는 함께할 줄 알았는데 카메라 감독은 달랑 한 명이었다. 모든 상황을 기획하고 현장을 진두지휘하는 팀장 한 명, 현장에서 일정을 조율하고 촬영 준비를 도맡아하는 피디 한 명, 총세 명이었다. 이렇게 셋이서 기획하고 촬영해서 만들어지는 프로그램이 〈세계테마기행〉이었다. 내가 출연한 특집편 같은 경우에는 열흘이면 촬영을 마치지만, 정규 편성 촬영은 21일 정도 이루어진다고 한다. 출연자, 팀장, 피디, 카메라 감독 네 명에서 21일 동안 촬영을 한다는 건 일반인으로선 도저히 상상도 할 수 없는 일이었다. 인적 구성뿐이겠는가? 단 1회 방영분의 기획, 촬영, 제작, 편집의 모든 과정이 족히 두 달은 걸린 것 같다. 물론 내 촬영 분량 외에 다음 작업을 준비하는 시간도 중첩되기는 하지만, 30분짜리 방송 하나에 쏟는 노력과 시간이 엄청나다는 것은 부정할 수 없는 사실이다.

적은 인원에 긴 촬영 기간이지만 기획대로 되기만 한다면 그나마 다행이다. 실제 촬영 현장은 전쟁터를 방불케 할 정도로 긴급하게 돌아갔다. 언제 돌발 상황이 벌어질지 알 수 없었다. 촬영 시작 하루 만에 드론이 추락하기도 하고, 앞의 촬영이 지체되면서 가장 중요한 장면인 일몰을 카메라에 담지 못하기도 했다. 사막에서 쏟아지는 별을 찍으려 했으나 날씨가 흐려 별 하나 보이지 않은 적도 있었고, 제시간 안에 촬영을 끝내지 못하는 경우는 다반사였다. 현장에서 이런 일이 벌어질 땐 과감한 결단력이 필요하다. 그 모든 결정을 내리는 사람은 다름 아닌 팀장님 한 분이었다. 촬영이 길어지고 상황이 여의치 않을 땐 다들 예민해진다. 팀장님은 그런 상황 속에서도 다음 상황을 예측하고 준비해야 했다.

프로 정신으로 무장한 그들의 뒷모습은 오르고 싶은 큰 산처럼 느껴졌다.

제한된 시간과 조건 아래 시청자들에게 보여줄 가장 좋은 그림을 만들어내기 위해 먼 타국에서 네 명의 구성원이 매일같이 치르는 전쟁. 물론 이런 일이 일상인 그분들은 웬만한 상황엔 끄떡도 안 하겠지만, 나 같은 초보 출연자는 아주 작은 일 하나에도 신경이 쓰일 수밖에 없었다. 예민해지더라도 티를 내지 않으면서 눈치껏 판단하고 행동하는 것은 웬만한 프로가 아니면 쉽지 않기 때문이다. 가끔 좌절해서 고개를 푹 숙이고 있으면 주연 피디님이 위로를 건네곤 했다. 모뉴먼트밸리 촬영을 위해 출발하기 전 숙소 앞을 산책하고 있을 때도 다가와 말을 걸었다.

　"선생님, 힘드시죠?"

　"아이고, 정말 쉽지 않네요. 이렇게 어려울 줄은 상상도 못했어요."

　"처음이라 더 그럴 거예요. 아직 촬영에 대해 완벽하게 이해도 못하셨을 거고."

　"제가 지금까지 해본 일 중에 가장 어려운 일 같아요."

　"저도 이 일을 할 때마다 더 어려워지는 거 같네요."

　"대단해요, 피디님. 앞으로 존경하는 사람 순위에 팀장님, 피디님, 카메라 감독님 세 분은 무조건 넣을 거예요."

　"하하, 아니에요. 저희도 선생님 하시는 일을 하라고 하면 똑같을걸요."

그 뒤에도 주연 피디님은 내가 힘들어하는 타이밍을 정확히 포착하고 나를 찾아왔다.

촬영을 다녀온 지 벌써 3년이 흘렀다. 여전히 내겐 힘들었던 기억으로 남아 있지만 결국은 해냈다는 사실에 힘을 얻는다. 그날 이후 답답한 상황에 처하거나 용기가 필요할 때, 가끔 주연 피디님에게 연락을 한다. 그냥 잘 지내는지 궁금해서 전화했다고 말은 하지만 사실 위로받고 싶어서다. "누구나 익숙하지 않은 일은 힘들어요"라는 응원의 말이 내게 얼마나 큰 힘이 되었던가. 세 분의 촬영팀은 지금도 세계 곳곳을 누비며 시청자들에게 좋은 장면을 보여주기 위해 고군분투하고 있다. 우리가 당연하게, 혹은 쉽게 여기는 많은 일들이 누군가의 헌신과 노고로 이루어진다는 걸 알게 되었다. 그래서 아무리 사소한 일이라도 가볍게 여기지 않으려 노력한다. 그건 분명 누군가에겐 위대한 일이고, 누군가의 땀이 배어 있기 때문이다.

촬영, 내레이션 녹음과 편집이
모두 끝나던 순간.

우리는 같이 있었고, 가치 있었다.
같이의 가치

고산병은
그녀를 멈추게 했고,
나를 느리게 만들었다

혼자 하는 여행과 누군가와 함께하는 여행은 장단점이 뚜렷해서 어느 게 더 낫다고 단정하기 어렵다. 마냥 좋은 일만 계속된다면 혼자든 함께든 크게 상관이 없을 것이다. 하지만 난관에 부딪혔을 땐 반대의 상황을 갈망하게 된다. 혼자일 때 누군가가 옆에 있기를, 함께할 땐 차라리 혼자 있기를 바라는 마음. 나는 누군가와 함께 여행을 하면 조금 예민해지는 편이다. 왠지 내가 그 사람의 여행을 책임져야 한다는 부담감 때문에 더욱 신경을 곤두세우게 된다. 그래서 주로 혼자 다니는 편이지만, 함께 여행하는 즐거움도 잘 알고 있기에 굳이 그런 기회를 마다하지는 않는다. 그런 의미에서 두 선생님과 함께 떠난 남미 여행은 매우 특별한 경험이었다.

퇴직을 얼마 남겨두지 않은 부장 선생님과 내 대학 동기의 아내이자 나의 후배이며 직장 동료인 영언이와의 여행은 지금껏 내가 했던 여행과는 사뭇 다른 새로운 도전이었다. 두 선생님의 무한한 지지에 어깨가 무거워졌고, 두 선생님의 반응 하나하나에 내 컨디션이 왔다 갔다 할 정도로 부담감이 나를 짓눌렀다. 어느 누구도 나에게 그런 부담을 지우지 않았는데도 스스로 족쇄를 채워서 상대방을 불편하게 만들고 있다는 생각에 매일 밤이 걱정의 연속이었다. 그래도 그것을 상쇄할 만큼 즐거운 여행이 계속되었다. 우리에게 가장 큰 난관이 나타나기 전까지는.

남미에 도착해 마추픽추까지 이어지는 우리의 여정은 새롭고 낯선 풍경에 호들갑만 떨기에도 부족한 시간이었다. 어떤 부분에서는 서로 공감하고 또 어떤 부분에서는 다른 생각으로 바라보는 것 자체가 여행의 재미를 더해주었다. 그런데 문제는 우리의 여행이 짧지 않은 시간이라는 것과 그곳이 고난이도에 가까운 여행지라는 것이었다.

비밀을 간직한 고대 잉카제국으로의 기행을 마치고, 우리는 대자연의 신비를 찾아 볼리비아 우유니로 떠났다. 해발고도 5000미터의 비니쿤카도 거뜬히 이겨낸 우리였기에 고산병이 우리의 발목을 잡지 않을 것이라는 안일한 생각이 결국 화를 불렀다. 쿠스코를 떠나기 전 공항 라운지에서 그동안의 즐거웠던 시간을 기념하고 다가올 여정을 축복하기 위해 맥주잔을 부딪쳤다. 알코올과 카페인이 고산병에 쥐약이라는 사실을 잘 알고 있었지만, 고도가 상대적으로 낮은 곳이라 가볍게 생각했던 게 실수였다.

볼리비아 수도 라파스에 도착했을 때 영언이의 안색이 급격히 나빠졌다. 맥주를 많이 마신 탓인지 나 또한 얼굴에 경련이 일어날 정도의 고산병이 찾아왔고, 영언이는 고산병 증세가 더 심해서 걷고 호흡하는 것 자체가 쉽지 않을 정도였다. 불과 두 시간 전에 기쁨의 맥주잔을 부딪쳤건만, 180도로 변해버린 상황이 당황스러웠다. 우린 우유니로 넘어가기 전 라파스 시내에서 입을 옷을 사고 환전도 해야 하는 상황이었다. 자꾸만 뒤처지는 영언이 옆을 지키는 부장님도 내색하지 않았을 뿐 많이 힘들었을 것이다. 시간은 빠듯하고 해야 할 일은 산적해 있어 슬슬 짜증이 나기 시작했다. 하지만 어쩔 수 없는 일 아닌가. 누구의 잘못도 아니었고, 이 여행은 '혼자'가 아닌 '우리'였기에 함께 이겨내야 했다. 영언이가 목에 매고 있던 무거운 카메라를 내 목에 걸치고 가방까지 내 어깨에 걸치고 나니 '차라리 혼자였으면 좋았을걸' 하는 철없는 생각이 불쑥 들었다. 힘든 내색을 하지 않으려 했으나, 분명 영언이도 내 표정이나 생각을 알아챘을 것이다. 얼마나 마음 아프고 미안했을까? 영언이도 너무나 힘든 시간을 악착같이 버텨내고 있었을 텐데.

우유니로 넘어가서야 고산병 증세가 진정되었다. 영언이와 한참을 걸으며 많은 이야길 나누었다.

"선배, 죄송해요. 제가 운동을 많이 했어야 했는데."

"아니다, 영언아. 내가 좀 더 도와줄 걸 그랬다."

"선배가 여행 전에 했던 말이 생각나네요."

"무슨 말?"

"여행 전엔 준비하는 과정 자체가 설레고, 여행 중엔 피곤하고 힘들 것이며, 여행 후엔 그 추억으로 평생을 버텨낼 동력을 얻을

볼리비아 여행 내내 고산병에 시달리더니. 멋 내고 꾸미는 일을 모두 포기한 듯한 영언이.

우리는 같이 있었고, 가치 있었다. 같이의 가치

거라고요."

"내가 여행하면서 힘들 때마다 평생 버텨낼 수 있는 추억을 만들고 있는 중이라고 생각하거든."

"선배, 저도 지금 그렇게 버티고 있어요."

"고맙다. 힘들지만 잘 견뎌보자. 30년, 40년이 지나도 우린 지금의 추억을 공유할 수 있을 테니까."

고산병은 결국 그녀의 걸음을 늦추다가 멈추게 했지만, 잠시 멈추었을 뿐 우리의 여행은 계속되었다. 그리고 지금, 그 여행이 일상의 버팀목이 되어주고 있다. 고통이 좋은 것은 아니지만, 이겨내야 할 고통이라면 당당히 맞서야 하지 않을까? 그래야 앞으로의 삶을 조금 더 용기 있게 살아갈 수 있는 힘이 되지 않을까? 지금도 영언이와 가끔 그때를 회상한다. 그토록 힘들었던 일이 웃으며 이야기할 수 있는 추억이 되었을 때, 우린 더 강해지고 더 행복해진다. 영언아, 네 걸음을 멈추게 한 고산병까지 이겨냈는데 너에게 불가능한 일이 뭐가 있겠니?

아메리카 원주민 전통 가옥
호건에서의
호러블한 하루

호건
미국 뉴멕시코주 등에 사는 아메리카 원주민 나바호족이 겨울철을 나기 위해 만든 집.

〈세계테마기행〉 촬영을 떠나기 전 팀장님, 피디님, 작가님과 함께 기획 회의를 진행했다. 처음에는 시키는 대로 할 생각이었는데, 내 의사가 가장 중요하다고 하시기에 마다하지 않고 서울로 올라갔다.

"선생님, 특집 프로그램인 만큼 보다 더 특별한 장면이 필요해요."

"제가 어떻게 하면 될까요?"

"혹시 전에 미국 갔을 때 특별한 체험을 했거나, 아니면 해볼 만한 걸 본 적 있나요?"

"글쎄요. 사실 제가 하는 여행이 특별한 건지도 의문이거든요."

"촬영 일정에 사막도 있어요. 거기서 뭐 좀 특이한 건 없을까요?"

"아! 모뉴먼트밸리에 갔는데, 거기가 아메리카 원주민들의 성지라고 들었거든요. 원주민 전통 가옥을 본 적이 있어요."

"거기 실제로 사람이 살아요?"

"그건 잘 모르겠는데, 몇 채가 있는 걸 봤어요."

무심코 던진 이 아이디어가 후에 어떤 결과를 가져올지 그때는 상상도 하지 못했다. 촬영 스케줄의 최종본을 받아 들고서야 내가 말한 그 전통 가옥이 '호건'이라는 걸 알았다. 우리는 그곳에서 하룻밤을 머무를 예정이었다. 내가 아메리카 원주민들의 성지, 그들의 전통 가옥에서 잠을 자보다니. 이번 기회가 아니면 절대 할 수 없는 특별한 경험이 될 것 같았다. 하늘이 준 특별한 선물에 대한 기대로 부푼 마음을 안고 미국에 도착했다. 암흑빛 미래는 상상도 못한 채.

호건으로 가기 전날, 카우보이 캠프에서 늦은 시간까지 촬영을 하고 텐트에서 잠을 청했다. 피곤한 데다 잠자리까지 불편해서였는지, 새벽에 누가 나를 때리고 갔나 싶을 정도로 온몸이 쑤셨다. 앞으로 거의 여덟 시간이나 자동차로 이동해야 해서 몸이 회복될 시간도 없었다. 회복은커녕 육체적인 피로가 정신적인 피로로 번져 모두가 살짝 예민해진 상태로 모뉴먼트밸리에 도착했다.

이틀 동안 머물면서 촬영해야 하는 분량이 꽤 많았기에, 도착

호건을 보고 차라리 꿈이었으면 좋겠다고 생
각했다.

하자마자 숨 돌릴 틈도 없이 바로 촬영에 돌입했다. 흙먼지 날리는 사막을 휘젓고 다니며 그들의 성스러운 공간을 카메라에 담아냈다. 저녁에는 원주민들의 전통적인 저녁식사와 함께 전통 의식에 참여하는 모습을 촬영하는 것으로 일정을 마무리했다.

"오늘은 참 힘든 일정이었네요. 다들 고생 많이 하셨습니다."

"선생님도 고생하셨어요. 얼른 숙소에 가서 푹 쉬어요."

가로등 하나 없는 비포장 길을 한참 달려 숙소에 도착했다.

"이봐, 한국인들! 도착했어. 차에서 내려."

요동치는 차 안에서 다들 곯아떨어졌다가 운전기사의 우렁찬 목소리에 겨우 눈을 떴다. 차에서 내린 우리는 눈앞에 펼쳐진 현실을 진심으로 부정하고 싶었다. 아니나 다를까, 볼멘소리가 터져 나왔다.

"이건 현실이 아닐 거야."

"제발 꿈이었으면 좋겠어요."

"아, 미치겠네, 정말. 오늘도 여기에서 어떻게 자?"

가로등 하나 없이 컴컴한 사막 한가운데, 차 헤드라이트에 어렴풋이 비치는 건 흙으로 만든 집 한 채였다. 터벅터벅 그 집으로 가서 문을 여는 순간 털썩 주저앉고 싶었다. 흙바닥, 전등 하나 없이 컴컴한 실내, 그나마 있는 난로는 기름도 장작도 없는, 자리만 차지하고 있는 애물단지. 내가 왜 전통 가옥 이야길 해서 이 고생을 자처한 건지, 후회가 몰려왔다. 나도 나지만, 나 때문에 하루 종일 촬영하느라 고생한 사람들에게 너무나 미안해서 고개를 들 수 없었다. 물도 없었고, 화장실이 어디 있느냐고 물으니 저 멀리 가서 아무 데나 볼일을 보란다. 전날 밤 나를 밤새

전등도 없는 흙집이 우리의 숙소였다.

다음 날 아침 온전히 마주한 호건. '언제 이런 흙집에서 자보겠어?'라고 애써 생각했지만 위로가 되진 않았다.

도록 구타한 텐트는 오히려 7성급 호텔이었다. 오늘 밤은 구타 정도가 아니라 집단구타를 당할 판이었다.

"죄송합니다. 이럴 줄은 상상도 못했어요."

홍일점 주연 피디님이 위로의 말을 건넸다.

"선생님, 촬영하다 보면 늘 예측 불가능한 상황이 생겨요. 더 심한 일도 생길 수 있으니 죄송하단 말씀은 안 하셔도 돼요."

그 말이 큰 위로가 되었지만, 다음 날 해가 뜰 때까지 마음은 편하지 않았다.

어떻게 잠이 들었는지, 얼마나 깊이 잤는지도 모른 채 눈을 떴다. 카메라 감독님과 팀장님은 벌써 일어나 사막의 일출을 촬영하기 위해 장비를 세팅하고 있었다. 아메리카 원주민의 전통 가옥에서 보낸 하룻밤은, 이런 극한의 촬영이 아니라면 절대 알 수 없었던 프로들의 삶을 직접 보고 배우는 기회가 되었다. 프로는 환경을 탓하지 않고 자신의 일을 묵묵히 수행한다. 그들은 아무리 어려운 상황에서도 자신의 명예를 손상시키지 않고 최선을 다해 최고의 결과물을 만들어낸다. 나는 그저 호들갑만 떨었던 며칠간의 촬영에서 프로들의 삶을 보며 프로답게 사는 법을 체득하게 되었다. 그깟 고생이야 그날 하루였지만 그날의 배움은 지금까지도 나를 채찍질하고 있다. '프로답게 살아라.'

'진짜 올 줄은 몰랐지.'
카타르 도하에서의 재회

외국에서 공부를 하고 있거나 직장생활을 하는 한국인들을 만날 때마다 하는 말이 있다. "저 거기 놀러갈게요!" 그러면 대부분 "꼭 오세요!"라고 말한다. 아마도 속으로는 '여기가 무슨 옆 동네도 아니고…'라고 생각하며 나의 호언을 흘려들었을 것이다. 그래서 실제로 내가 찾아가면 그들은 하나같이 이렇게 말한다. "진짜 올 줄은 상상도 못했네!"

　카타르항공사에 다니는 민경 누나는 카타르 도하에서 근무하는데, 한국의 거주지는 우리 집과 차로 20분밖에 걸리지 않는다. 가끔 누나가 휴가를 받아 한국에 들어오면 만나서 커피를 마시곤 했다. 한번은 누나가 같이 일하는 동료라며 지애 누나를 데리고 나왔다. 우리 셋은 서로의 관심사를 묻고 살아가는 이야기도 하면서 즐거운 시간을 보냈다. 그러다 카타르 생활에 궁금증이 생겨 취조하듯 이것저것 물어보다 놀러오라는 이야기가 나왔다.

"나중에 카타르 한번 온나. 내가 유명한 양고기 사줄게."

"저 진짜 가요!"

"누가 오지 말라 하더나. 양고기도 사주고 도하 구경도 시켜줄 테니까 온나."

그러자 지애 누나가 한마디 거들었다.

"내 주변에도 온다는 사람은 많았는데, 정말 오는 사람은 한 명도 없었데이."

"그러면 누나 주변 사람들 중에 제가 제일 처음으로 도하 가겠네요."

그때만 해도 두 사람은 분명 '카타르가 무슨 옆 동네도 아니고⋯'라고 생각했을 것이다.

2017년 겨울, 아프리카 여행 계획을 세우면서 한국으로 돌아오는 길에 어디 한 군데를 더 들르고 싶어 지도를 펼쳤다. '자 어디 보자. 중동에 한번 가볼까?' 그때 문득 카타르가 생각나서 누나에게 바로 연락했다.

"누나, 저 올겨울에 카타르 가려고 하는데요."

"진짜? 갑자기 왜?"

"언제는 오라면서요?"

"아니, 오는 건 괜찮은데 진짜 온단 말이가?"

그렇게 나는 남아프리카공화국 요하네스버그를 출발해 카타르 도하로 향하는 비행기에 몸을 실었다. 호텔에서 오랜만에 옷도 곱게 다려 입고 누나들을 만나러 갔다.

"아, 진짜 니 무섭다. 니가 여기 올 줄은 상상도 못했다."

"제가 간다고 했잖아요."

"니 말대로 온다고 말한 사람 중에 정말 온 사람은 니가 처음이다."

"약속대로 양고기 먹으러 가자. 우리나라 축구대표팀 선수들 도하 원정 올 때마다 가는 곳인데 정말 맛있다."

먼 곳에 떨어져 살고 있고 직업도 서로 다르지만 삶의 영역에서는 교집합이 꽤 있었기에, 우리는 자주 보는 친구들처럼 많은 대화를 나누었다.

"동한아, 사실 나 오늘 저녁에 비행 스케줄이 있어서 지금 가 봐야 한다."

이 양고기 먹자고 카타르 도하까지 날아왔다. 그리고 충분히 그럴 가치가 있었다.

"네? 진짜요? 그럼 저 때문에 쉬지도 못한 거예요?"

"여기까지 왔는데 어떻게 안 보고 가노. 양고기 사주겠다고 약속도 했는데. 나 먼저 갈 테니 지애랑 같이 다녀라."

민경 누나는 무심한 척 말 한 마디만 툭 던지고 떠났다. 그러나 그 한 마디에서 시간을 쪼개어 멀리서 온 동생에게 좋은 음식 먹이고 좋은 구경 시켜주고 싶은 따뜻한 마음이 느껴졌다. 고맙고 미안했다. 언젠가 꼭 다시 만나 보답하겠다고 다짐하며 헤어졌다. 장거리 비행을 떠나는 민경 누나가 가고 나서 지애 누나가 1일 가이드가 되어주었다. 처음 중동을 여행하는 터라 사람들의 옷차림, 음식 문화, 운전 습관, 생활양식 등 모든 것이 신기했다.

그날은 운 좋게도 도하의 축제날이었다. 전통시장을 구경하다

운 좋게도 그날은 도하의 축제날이었다. 특별함이 특별함에 더해질 때.

공연을 보면서 함께 어깨춤을 추기도 했고, 무슬림들의 행동 하나하나를 관찰했다. 그러다 호기심이 생기면 누나에게 물어보았고, 지애 누나는 주저하지 않고 설명해줬다. 6년 가까이 도하에 살고 있는 지애 누나가 그곳의 문화와 사람들에 대해 자세히 이야기해주어, 하루의 짧은 여정이 생각보다 풍부해질 수 있었다. 다음 날 아랍에미리트로 떠나는 순간까지 불편한 점은 없는지, 도와줄 일은 없는지 세심히 살펴준 지애 누나에게 지금도 고마운 마음을 가지고 있다.

낯선 곳에서 아는 사람을 만나 너무나도 감사한 추억을 선물

나에겐 미지의 세계였던 중동에서의 첫 여행. 하지만 화려한 조명처럼 아름다운 추억으로 남았다.

받았다. 사람을 안다는 것이 이렇게나 좋은 일이다. 저기 먼 곳에서 또 하나의 추억이 생겼다. 결국 여행은 누군가를 만나는 것이고, 누군가를 만나기 위해 떠나는 것이다.

케이프타운 최고의 여행사
와이파이 투어

아프리카 트러킹Trucking
25톤 트럭을 개조해 만든 만능 여행기지
로 아프리카를 여행하는 방법. 트럭 안에
서 사람들과 먹고 자고 여행하는 건 지금
껏 경험해보지 못한 낭만의 결정판이었다.

나미비아 스바코프문트에서 시작한 트러킹trucking은 남아프리카
공화국 케이프타운에 도착하며 끝났다. 열흘도 안 되는 짧은 시
간이었지만 세계 각지에서 온 친구들과 정이 많이 들어 헤어지
는 게 무척 아쉬웠다. 테이블마운틴이 한눈에 보이는 해변에서
마지막 단체 사진을 찍고 만남의 장소가 아닌 헤어짐의 장소로
이동했다. 마지막을 향해 가는 우리는 버스 안에서 케이프타운
에서의 일정과 앞으로의 여행 일정에 대해 이야기를 나누었다.
다들 케이프타운에서는 사흘에서 길게는 일주일 정도 더 머무른
다고 한다. 하지만 각자의 여행 스타일이 있었기에 함께하자고
말하는 것이 쉽지 않았다.

"곽! 넌 여기에서 뭘 할 거야?"

"난 사흘 동안 렌터카를 빌렸어."

"렌터카? 너 국제면허증 있어?"

"응, 한국에서 발급받아 왔어. 난 여행할 때 웬만하면 렌터카를 이용해."

"나도 끼워주지 않을래?"

"괜찮다면 나도 함께하고 싶어."

"콱! 나도 함께하자!"

그렇게 독일에서 온 안야, 캐나다에서 온 세라, 호주에서 온 에드먼드와 함께 케이프타운에서 사흘을 보내기로 했다. 첫날은

와이파이 투어를 함께한 친구들과 아프리카 최남단 희망봉에서 우리의 미래를 이야기하다.

각자 숙소에서 쉬고, 다음 날 아침 그들을 픽업하러 가기로 약속했다. 헤어짐의 장소가 새로운 만남의 장소가 되었다.

다음 날 아침 렌터카 사무실 오픈 시간에 맞춰 예약해둔 자동차를 받았고, 친구들이 머무는 호스텔을 차례로 돌아가며 그들을 픽업했다. 헤어진 지 스물네 시간도 채 지나지 않았건만 우리는 몇 년 만에 다시 만난 고향 친구처럼 얼싸안으며 반가워했다.

"반가워, 나의 친구들! 너희들과 남은 시간도 함께할 수 있어서 정말 기뻐."

"꽉! 네 덕분에 도심을 벗어날 수 있게 되었어. 정말 고마워."

"한국인은 어떤 순간에도 자신을 꾸민다"던 독일인 안야의 말이 실감나는, 대비되는 우리의 모습.

"좋아! 우리 트러킹의 운전기사와 투어 리더는 떠났지만, 오늘부터 내가 운전기사와 투어 리더 역할을 수행할 거야."

"투어 이름은 뭐야?"

"와이파이 투어로 정했어. 너희들이 늘 찾고 늘 곁에 두고 싶어 하는 사람이 되고 싶다는 뜻이야."

"와! 최고다. 와이파이 투어라니. 생각지도 못한 이름이야."

"레이디스 앤 어 젠틀맨! 지금부터 와이파이 투어를 시작하겠습니다. 모두 안전벨트를 매주세요. 이제 첫 번째 목적지로 향하겠습니다."

그렇게 우린 케이프타운에서 사흘 동안 여정을 함께했다. 아침에 일어나자마자 연락해서 안부를 묻고 픽업 시간을 조정하고, 만나서는 트러킹의 아쉬움을 와이파이 투어로 채워 나갔다. 혼자 다녀도 충분히 아름다웠을 케이프타운이지만, 그들과 함께여서 더 좋았다. 기쁨과 행복, 만족이 잘 조화된 여행이었다. 내가 운전을 하는 대신 안야는 매일 점심을 샀고, 세라는 매일 저녁을 담당했으며, 에드먼드는 기름값을 지원해주었으니, 가히 환상적인 팀워크를 보여준 투어였다.

사흘간의 와이파이 투어는 트러킹보다 훨씬 더 진한 아쉬움을 남기며 끝나가고 있었다. "안야, 세라, 에드먼드! 전 세계 인구가 70억 명이나 되는데, 이 좁은 자동차 안에 우리 네 명만 앉아 있어. 우리의 만남은 기적이란 말로도 충분하지 않아."

"팍! 아프리카에서의 마지막은 정말 환상적이었어. 늘 예의 바르고 우릴 배려해주는 네 덕에 잊을 수 없는 추억을 만든 것 같아."

"그동안 여행을 많이 해봤지만 내 인생 최고의 투어는 와이파이 투어였어. 고마워, 팍!"

그제야 우리의 여행이, 우리의 만남이 정말 끝났음을 실감했다. 사흘 동안 늘 그랬듯이 숙소까지 바래다주면서 한 명 한 명 차에서 내릴 때마다 한참을 부둥켜안은 채 아쉬움을 달랬다. 죽기 전에 어디서든지 꼭 다시 만나자고 약속했다. 이별의 순간은 언제나 아쉽지만 결국은 오고야 만다. 회자정리의 아쉬움은 거

나
> Anja, Sarah, Ed! I arrive airport. It was an honor to spend time with you. Many Thanks.

> Although the Wi-Fi tour was over, Our trip will continue. May God bless you.

Eddy
> haha thank you very much

> wi-fi tour was excellent

> Enjoy Dubai and reunion in Korea

Anja
> Thank you for the great wifi-tour. And the great korean lunch today. Hope you arrived good in dubai.

Sarah
> Glad you made it to the airport ok! Enjoy Dubai. Thank you SO much for letting us join you, I had so much fun. Thank you also for the Korean feast!!!

와이파이 투어의 종료를 알리는 가이드 '팍'의 마지막 인사. 그리고 아쉬워하는 투어 멤버들의 감사 인사.

자필반이라는 기대로 남겨두어야 한다. 지금도 나는 그 뜨거웠던 아프리카에서의 겨울을 잊지 못한다. 내가 그리워하는 것은 아프리카의 모습이나 아프리카에서 보낸 시간이 아닌, 함께한 그들의 모습일지도 모른다. 1년, 2년, 3년이라는 시간이 지났는데도 우린 가끔씩 안부를 물으며 서로의 앞날에 축복이 있기를 기원하고 있다. 언젠가 다시 만난다면 오랫동안 그리워하던 친구를 만난 것처럼 한참을 부둥켜안고 반가워할 것이다. 오늘도 그들을 만날 기대를 잠시 품어본다.

해발고도 5000미터 위의 인기 스타
'코리안 크레이지 가이'

비니쿤카(페루)
퇴적암의 침식 작용이 만들어낸 아름다운
무지갯빛을 자랑하는 명소. 하지만 해발고
도 5000미터로, 열 명 중 다섯 명이 산소통
을 껴안고 시름하는 악명 높은 고산지대다.

남미는 내가 최후의 보루로 남겨두었던 여행지다. 다름 아닌 고
산병 때문이었다. 고질적인 저혈압 때문에 스무 살 땐 실신한 경
험도 있어 고산병에 대한 두려움이 컸다. 여행을 가기 전 고산
병 예방법을 찾아봤지만 뾰족한 해답은 없었다. 결론부터 이야
기하자면 난 고산병의 고통을 제대로 겪어보지 않은 럭키가이
였다. 페루 리마를 출발해 처음 쿠스코에 도착했을 때 해발고도
3300미터에서 느껴지는 고산지대의 공기에 바짝 긴장했지만,
반나절이 지나고 하루가 지나도 몸에 별다른 이상 신호가 없자
비로소 긴장을 내려놓을 수 있었다.

남미 여행지 중에서 꼭 가보고 싶었지만 고산병 걱정에 어떠
한 사전 준비도 할 수 없었던 곳이 있었다. 바로 비니쿤카. 정상

부근의 고도가 5000미터를 넘는 곳으로 이번 여행의 최고 난이도였다. 해발고도 5000미터는 산소량이 평지의 약 50~60퍼센트 수준이라, 고산병은 둘째치고 호흡조차 원활히 할 수 없는 극지다. 우선 몸 상태를 지켜본 후 현지에서 모든 것을 결정하기로 했다. 다행히 쿠스코, 마추픽추로 이어지는 고산지대를 별 탈 없이 넘겼기에 과감히 비니쿤카행을 결정했다. 물론 쿠스코에선 멀쩡했지만 비니쿤카를 다녀온 뒤 악화되어 어쩔 수 없이 귀국했다는 사람도 있었고, 비니쿤카 정상에서 거의 실신한 채로 말의 등에 업혀 내려왔다는 사람도 있었다. 나에겐 부디 그런 일이 일어나지 않길 간절히 바라며, 새벽부터 분주히 준비를 마치고 비니쿤카로 향했다.

비니쿤카는 무지개산으로 유명한 곳이다. 퇴적암의 침식 작용이 빚어낸 여러 색깔의 토양이 마치 무지개와 비슷하다고 해서 붙여진 이름이다. 약 4300미터에서 출발하는데 정상 부근은 5150미터나 된다. 따라서 출발하는 순간부터 긴장의 끈을 있는 힘껏 쥐고 있었다. 손이 땀으로 흠뻑 젖은 줄도 모른 채. 조금씩 천천히 발걸음을 내딛는데, 옆에서 산소통을 부여잡은 사람과 구토를 하는 사람들을 보고 있자니 곧 나에게도 고산병이 들이닥칠 것만 같은 두려움이 밀려왔다. 조심조심, 오직 앞만 보고 묵묵히 오른 길 끝에는 해발고도 5000미터 고지를 알리는 표지

해발고도 5000미터에 도달해, 산소 부족을 절실히 느끼며 기댈 수 있는 모든 것을 찾아다녔다.

판이 떡하니 서 있었다. 드디어 밟은 것이다. 고산병은 아니었지만 긴장한 탓에 요동치던 심장도 안정을 찾았다. "괜찮구나. 나는 무사해." 혼잣말로 되뇌고는 정상을 향해 다시 발걸음을 옮겼다. 새벽 운동을 7년 가까이 하다 보니 체력으로는 대한민국 상위 1퍼센트 안에 들어간다고 자부하던 터라, 이제 그 자부심을 유감없이 뽐내보기로 했다. 정상까지 남은 150미터 거리를 뛰어가기로 결정한 것이다.

"실례합니다. 실례합니다."

한 걸음조차 내딛기 어려워하는 사람들을 제치며 달려나갔다.

심장이 터질 것 같았지만, 더 특별한 정복의 순간을 맞고 싶었다. 정신없이 내달리는 나를 향한 큰 웃음소리가 들렸고, 곧 박수소리도 들리기 시작했다. 좁은 통로를 지나며 잠시 걸음이 늦춰지자 길을 열어주던 사람들이 하나둘씩 말을 걸어오기 시작했다.

"어디에서 왔어?"

"너 정말 대단하다!"

"넌 정말 미친놈 같아!"

평소 같았으면 '미친놈'이라는 표현에 기분이 상했을 텐데, 그 순간만큼은 그보다 더 어울리는 표현이 있을까 싶었다. 5000미터 등반이라는 엄청난 도전과 그토록 무모한 뜀박질을 한 것은 결국 이것마저 해냈노라고, 나에게 불가능은 없노라고 선언하기

'코리안 크레이지 가이'와 사진 찍는 영예(?)를 얻은 외국인 여행자들.

위한 혼자만의 의식이 아니었을까.

아쉽게도 지난밤 내린 폭설 때문에 무지개산은 완벽하게 보이지 않았다. 그래도 나에겐 도전에 성공한 기념비적인 순간이었다. 눈으로 덮여 잘 보이지 않는 비니쿤카보다 한참을 내달려온 까마득한 길을 보고 있자니 여행에서는 눈으로 보는 것보다 마음으로 얻는 것이 더 중요하다는 걸 느꼈다. 바닥에 털썩 주저앉아 발아래 구름을 하염없이 바라보며 쉬고 있으니, 방금 전 내게 길을 열어줬던 사람들이 하나둘 도착하기 시작했다.

"헤이! 코리안 크레이지 가이! 너와 기념사진 한 장 찍고 싶어."

"괜찮다면 나와도 한 장 찍자. 네가 달려갈 때 찍었으면 더 좋았을 것을."

그렇게 마치 스타가 된 양, 줄을 서 있는 사람들과 한 명씩 사진을 찍었다. 프랑스, 아르헨티나, 캐나다, 미국 등지에서 온 여행자들과 기념사진을 찍고 있으니, 이제는 영문도 모르는 사람들까지 내게 다가와 함께 찍자고 했다. 아예 이참에 비니쿤카의 스타로 살아보는 건 어떨까 하는 철없는 생각도 들었다.

도전은 늘 위대하다. 그 결과와 상관없이 시도하는 자체가 위대하다. 그래서 나는 죽는 순간까지 멈추지 않고 도전을 하기로 결심했다. 여행뿐 아니라 내 삶의 모든 영역에서.

남녀노소, 예측 불가, 기상천외!
'꽃보다' 시리즈

꽃보다 할배_중국 칭다오 편
나는 놈 위에 박동한!

青島

여행 붐을 일으킨 수많은 TV 프로그램 가운데 최고봉은 '꽃보다' 시리즈라고 생각한다. 패키지가 아닌 배낭여행을 표방한 데다, 할배, 누나, 청춘들의 등장까지 여행의 재미를 보여주는 수많은 요소가 있으니 말이다. 할배, 누나, 청춘 사이에 있는 흑기사, 즉 짐꾼의 존재는 여행에 또 다른 재미를 주는 요소였다. 발로 뛰는 이서진, 이승기 같은 짐꾼이 있다면 그 여행은 더없이 든든할 것이다. 많은 사람들이 짐꾼에 열광하며 그들과의 여행을 상상할 때, 오히려 나는 그런 짐꾼이 되고 싶었다. 직접 예약하고 인솔하고 설명하고 문제를 해결하는 그런 짐꾼의 역할을 꿈꾸었다. 생각해보니 내 직장은 그 꿈을 실현하기에 환상적인 조건을 갖추고 있지 않던가! 할배들을 모셔올 수 있고, 누나들을

칭다오 5·4 광장 앞에서 '최대한 다정하게' 찍은 꽃보다 할배들과 가이드.

모집할 수도 있으며, 청춘들까지 구성할 수 있다! 그럼 이제 내가 해야 할 일은? 바로 실행에 옮기기!

우선 내가 속한 연구실의 선생님들을 소개한다.

김태년 선생님, 나이 59세, '중국어 능통자'.

강한우 선생님, 나이 57세, '사회과의 큰형님'.

최장수 선생님, 나이 50세, '가이드가 시키는 대로만 한다!'

홍성락 선생님, 나이 50세, '일단 들이대서 사고치고, 수습은 가이드의 몫'.

짐꾼인 나까지 총 다섯 명이 여행을 떠나기로 했다. 실제 〈꽃보다 할배〉 촬영을 해도 될 만큼 알찬 인적 구성이다. 캐릭터가 확실히 잡혀 있고 언제든 사건사고를 일으킬 수 있는, 그리고 수습은 가이드에게 맡겨버릴 법한 분들로 모셨다.

이렇게 구성된 꽃보다 할배 팀은 중국 칭다오로 떠났다. 처음 자유여행을 떠나는 할배들의 긴장과 설렘은 공항으로 가는 차 안에서부터 시작되었다.

"아, 어제 잠을 제대로 못 잤네."

"나는 친구가 자꾸 놀자고 불러내서 나갔는데, 진짜 평생 도움이 안 되는 친구예요."

성미카엘 성당 앞에서 꽃보다 할배들과 함께.

"박동하이! 우리 살아서 돌아올 순 있겠제?"

이렇게 떠들썩한 입담은 4박 5일간 이어졌다. 한국에 돌아왔을 때 일주일 정도 묵언수행을 하고 싶을 정도였다. 현지에서 버스 타고 택시 잡고 식당에서 밥 먹고 관광지 둘러보고 쇼핑하는 것까지, 모든 것이 자유로운 칭다오. 그중 하이라이트는 명품 '짝퉁'

을 파는 것으로 유명한 찌모루 시장이었다.

찌모루 시장에는 전설이 하나 내려오는데, 아주 비밀스러운 곳에 최고급 명품들이 모여 있다는 것이다. 그런데 그곳으로 통하는 문은 아무한테나 열어주지 않는다고 하니, 짐꾼, 아니 가이드의 역할은 바로 그 문을 열게 하는 것이었다. 내가 찾아본 블로그에는 "정확한 위치는 모르겠어요. 어쨌든 입구를 포함해 문이 세 개 정도 열려야 그곳이 나옵니다"라고 짤막하게 적혀 있었다. 그런데 아무리 찾아봐도 두 번째 문은 코빼기도 보이지 않았다. "제가 꼭 찾아내겠습니다"라고 호언장담했는데, 여태껏 짐꾼 노릇 잘해놓고 여기에서 점수 다 깎일 수는 없었다. 이럴 땐 내 비상한 잔머리를 소환해야 한다. 분명 그 문은 숨겨져 있을 것이다. 그리고 아무에게나 열어주지 않는다고 했다. 그럼 그 아무나가 아니어야 한다. 그렇다면 누구에게 그 문을 열어줄까? VIP들이겠지. 내가 VIP가 되느냐? 아니다. 다수의 VIP가 있어야 한다. 그들은 이미 내 뒤에 대기하고 있다. 작전을 개시했다.

"여행사에서 처음으로 손님들을 인솔해왔어요. 좋은 곳이 있다고 들었는데, 제 뒤에 큰손들이 있으니 열어주세요"라고 이 가게 저 가게 돌아다니며 잔꾀를 부렸다. 그렇게 다섯 번째 가게 정도였을까? 내 말이 끝나자마자 주인이 의심의 눈초리를 살짝 내비치더니 따라오라고 손짓한다. 화려한 명품들이 놓여 있는 진열장을 손으로 쭉 밀자 비밀스러운 공간이 나타났다. 마치 어린 시절 동화에서나 보던 숨겨진 보물을 발견하는 장면 같았다. '드디어 찾았구나. 여기다!'라는 생각에 희열을 느꼈지만 최대한 감정을 자제하기 위해 노력했다. 아직 세 번째, 그러니까 최종 관문이 열리지 않았기 때문이다. '목표에 도달할 때까지 절대 평정심을 잃지 말자'라고 속으로 되뇌며 다음 멘트를 던졌다.

"저희 회사에서 이야기하던 곳이 바로 여기군요. 조금 더 좋은 방으로 갑시다."

두 번째 문을 열 때까지만 하더라도 의심의 눈초리로 바라보던 사장이 이번엔 익숙한 손님이 온 것처럼 자연스럽게 구석에 있는 진열장으로 몸을 돌렸다. 그 진열장을 손으로 밀자, 마치 금괴로 가득 찬 보물창고 같은, 형광등 100개는 켜놓은 것 같은 번쩍임에 눈이 부셨다. '여기구나! 콜럼버스가 신대륙을 발견했을 때 아마 이런 기분이었을 거야.' 환희에 찼지만 여기에서 감정을 표현해버리면 나는 가이드가 아닌 관광객이 되어버린다. 속으로 쾌재를 부르면서도 애써 태연한 척했다.

"자, 선생님들 여기서 마음껏 쇼핑하세요."

여유로운 척 안내하자 선생님들도 자연스럽게 물건을 고르고 흥정에 들어간다. 대개 이런 식이었다.

"아, 비싸, 비싸. 2만 원!"

흥정에 재미를 붙인 할배들은 과일을 살 때도 노하우를 총동원했다.

"안 돼. 우리도 안 남아. 3만 원."

"아, 좋아. 그러면 2만 5000원!"

가이드의 역할은 쇼핑을 끝마치고 저 문을 열고 밖으로 나가는 순간까지 충실히 계속되어야 한다. "사장님, 이 손님들 물건 많이 떼어가야 합니다. 오늘은 대충 보고 몇 가지 샘플만 산 다음에 내일 와서 많이 살 거예요. 그러니까 샘플은 좀 깎아줘요."

"그래, 알겠어. 2만 원."

지금까지도 우리의 찌모루 시장 투어는 학교에서 두고두고 회자되는 전설로 남아 있다. 〈꽃보다 할배〉의 이서진보다 더 잔꾀

매번 흥정에 성공하지는 않는다. 제대로 사기당한 과일가게 흥정.

넘치는 가이드를 보유한 할배들은 이번 여행에 200퍼센트 만족
감을 드러내며 돌아오는 비행기 안에서 벌써 다음 여행을 계획
했다.

"대만 어떻노? 한번 가보고 싶은데."

"대만 좋지. 다음 겨울 괜찮나?"

"저는 찬성입니다."

"어이, 박동하이! 괜찮나?"

"섭외해주시면 응해야죠."

꽃보다 할배 시즌 2_대만 편
박동한 옆 1년이면
여행 박사가 된다!

臺灣

우리의 칭다오 여행은 '꽃보다 할배' 시리즈 1편일 뿐이었다. 아니나 다를까, 몇 개월 지나지 않아 후속편에 대한 논의가 시작되었다.

"박동하이, 우리 겨울에 대만 가야지."

"네, 선생님. 대만 좋죠. 근데…"

"근데 뭐?"

"제가 올겨울에 아프리카를 가려고 하거든요."

"그러면 대만은 안 되겠나?"

"아뇨. 저는 아프리카에서 바로 대만으로 합류할게요."

"알겠다. 우리가 우야든둥 대만까지는 한번 가보게."

"아, 박동하이 없으면 영 불안한데."

아프리카로 떠났던 나의 청춘 여행은 카타르와 아랍에미리트로 이어졌다. 여행이 길어지자 슬슬 혼자라는 외로움이 열병처럼 나의 마음을 덮쳤다. 외롭지만 집에는 가고 싶지 않은 그 시기가 불현듯 찾아온 것이다. 그러나 걱정할 필요가 없었다. 외로움을 해결해줄 나의 든든한 아군 할배들이 대만으로 향할 채비를 하고 있었기 때문이다. 가뭄에 단비 같은, 사막의 오아시스 같은 존재! 나도 할배들을 만나러 두바이를 떠나 대만으로 향했다.

"저 지금 인도 지나가고 있어요. 대구공항에서 출발하셨어요?"

"우리 이제 공항에 도착했다. 근데 오고 있는 거 맞나? 카톡을 우째 하노?"

"세상 좋아졌네요. 비행기에서도 와이파이가 돼요."

"불안한데… 우리한테 거짓말하고 안 오는 건 아니제?"

"걱정 마세요. 제가 한 30분 정도 늦게 공항에 도착할 겁니다!"

할배들을 만나러 가는 길이 헤어진 가족을 만나러 가는 것처럼 설렜던 터라, 긴 비행시간이었지만 눈도 제대로 붙이지 못했다.

"선생님!"

"이야, 박동하이!"

타이베이 공항에서 할배들과 나는 떠들썩한 이산가족 상봉 장면을 연출했다. 서로 부둥켜안고 뱅글뱅글 돌면서 온몸으로 반가움을 표현했다.

　"너무 보고 싶었어요."

　"우리도 보고 싶었다. 근데 아프리카 갔다 오더만 아프리카 사람 돼서 돌아왔노? 얼굴이 새까맣다."

　"제가 조금 부끄럽더라도 버리시면 안 돼요."

　우리는 첫날부터 밤늦은 시각까지 맥주를 마시며 그간의 학교 이야기, 나의 여행 이야기를 나누느라 시간 가는 줄 몰랐다.

　다음 날 부지런한 우리 할배들의 일정이 시작되었다. 아침부터 분주히 여기저기 다니다 점심을 먹은 뒤, 강한우 선생님과 나는 먼저 식당 문을 열고 나섰다.

　"저 셋, 골탕 한번 멕이자."

　"네? 어떻게요?"

　"우리 먼저 간다고 카톡 보내놓고 알아서 찾아오라고 해보자."

　"재미있겠는데요?"

　우리만의 몰래카메라가 시작되었다. "저랑 강한우 선생님 먼저 숙소로 들어가서 쉬고 있겠습니다. 천천히 오세요"라는 메시지를 보냈고, 얼마 지나지 않아 선생님들이 식당 문을 열고 나오신다. 카톡을 보고 당황하셨는지 사방을 두리번거리다가 꿈이

길을 찾아 나서는 선생님들을 기둥 뒤에 숨어서
훔쳐보는 강한우 선생님.

아닌 현실이란 걸 깨닫고는 스마트폰을 꺼내 구글 지도를 보며 걸음을 옮기신다. 간밤에 구글 지도 보는 법을 가르쳐드렸는데, 기가 막힌 타이밍에 활용하시는 거였다. 엉뚱한 방향으로 가다가 횡단보도를 잘못 건너기도 하고, 사거리에서 어느 쪽으로 가야 할지 의논하는 선생님들의 모습을 몰래 지켜보았다. 그렇게 선생님들은 낯선 길을 이리저리 돌아서 기어코 숙소 근처까지 다다랐다. 한참을 뒤따라가다 큰 소리로 "선생님!" 하고 부르자, 스스로 지도를 보고 숙소까지 찾아왔다는 게 자랑스러우셨던지 짜증 한 번 안 내고 활짝 웃으셨다.

"이 정도면 더 어려운 길도 찾아오시겠네요. 저는 타이베이 101타워 앞까지 걸어갈까 해요. 선생님들은 좀 쉬시다가 두 시간 뒤에 지하철 타고 거기까지 와보실래요?"

"안 될 게 뭐 있노? 한번 해보게."

첫 미션 성공으로 용기가 생겼는지 선생님들은 마다하지 않고 나보고 먼저 가라며 등을 떠밀었다. '선생님들이 이제는 나에게 자유까지 선물해주시네.' 흡족한 미소를 지으며 나는 목적지까

타이베이 101타워 앞에서 꽃보다 할배들과 함께. 꽃보다 아름다운 타이베이의 추억을 사진으로 남겼다.

지 두 시간여를 걸어 약속 장소에 먼저 도착했다. 선생님들을 기다리며 노심초사하고 있을 때, 지하철역 출구로 올라오는 선생님들의 모습이 보였다.

"정말 대단하십니다!"

"별거 아니네. 이제 어디든지 갈 수 있지 싶다."

"여기 배경으로 사진 하나 찍으시죠."

"당연하지. 여기 한번 쭉 서봐라."

"나중에 선생님들 퇴직하실 때 이 사진 보면 어떤 기분일까요? 조금 슬프면서도 행복할 거 같기도 한데."

"야, 박동하이, 니 정년 몇 년 남았노?"

"저요? 이제 한 34년 남았나?"

"그럼 우리 니 정년퇴직할 때까지 일단 살아 있을게. 최 부장, 김쌤, 홍쌤, 이쌤, 가능하제?"

"그때면 난 아흔두 살인데, 한번 해보지, 뭐!"

꽃보다 엄마_홍콩 편
'엄마, 다음엔 더 좋은 데 가자!'

Hong Kong

여행이 고되고 힘든 건 당연한 일이지만, 그게 지나치면 여행의 의미가 퇴색된다. 여행 중에 그 경계를 오가는 경우가 몇 차례 있었는데, 다행히 아직까지 그 선을 넘은 적은 없다. 하지만 축구공이 라인에 걸쳐져 있어 아웃이 된 것같이 경계에 정확히 맞물려 있던 경험이 딱 한 번 있었다. 바로 엄마와의 여행, '꽃보다 엄마' 편이다. 캐나다 나이아가라 폭포 앞에서 밤하늘을 수놓는 불꽃을 보며 행복해하는 가족의 모습을 보고, 지금껏 혼자서 여행을 다닌 불효막심한 아들이라는 자책감이 들었다. 그해 겨울에는 꼭 부모님을 모시고 여행을 하리라 결심했다.

"엄마, 내랑 여행 가자."

"갑자기 웬 여행?"

"그냥. 아빠한테도 물어볼게."

"아빠는 가겠나?"

"말은 해봐야지."

아버지의 대답은 단호한 거절. 아쉽지만 엄마와 함께 단둘이 여행을 떠나기로 했다.

"엄마, 도시로 가고 싶나, 아니면 휴양하고 싶나?"

"글쎄, 엄마가 뭐 그런 거 아나. 알아서 해라."

"그럼 베트남 갈래?"

"거 가면 뭐 있는데?"

"산 있고 바다 있고 그런 거지, 뭐."

"아니, 다른 데 가자."

"알아서 하라 해놓고 알아서 했으면 큰일 날 뻔했네."

사실 이때 모든 걸 알아챘어야 했다. '알아서'가 대체 어떤 의미인지.

"그럼 홍콩으로 갈까?"

"홍콩은 어떤 곳인데?"

"그냥 화려한 도시다. 주변에 마카오도 있고. 거긴 카지노로 유명하다."

"거가 좋겠네. 그쪽으로 가자."

그렇게 추위를 피해 같은 겨울이지만 온화한 봄 날씨를 선보이는 홍콩으로 떠났다.

"엄마, 배고프면 배고프다고, 힘들면 힘들다고 꼭 말해줘야 한다."

"알겠다. 걱정 마라."

그때도 몰랐다. '알아서', '아무거나', '알겠다'라는 말이 내가 아는 뜻만 있는 단어가 아니라는 것을. 불운하게도 그 숨은 뜻

마카오 성바울성당 유적지 앞에서 엄마와 함께.
모자가 얼마 만에 같이 찍은 사진인지…

을 파악하지 못한 엄마와의 여행은 내내 아슬아슬한 줄타기였다.

"엄마, 배 안 고프나? 나는 좀 고픈데."

"나도 배고프네."

"근데 왜 말을 안 했노?"

"그냥 먹을 때 되면 먹겠지 생각했지."

"엄마, 안 힘드나? 많이 걸었는데."

"조금 힘드네."

"근데 왜 힘들다고 말을 안 하노. 그럼 쉬었을 텐데."

"뭐 곧 쉬겠지 생각했지."

이렇게 하루에 몇 차례나 엄마의 의사를 묻고 그 대답을 듣는 걸 반복했다. 일일이 확인하려다 보니 점점 짜증이 나기 시작했

사진 찍는 걸 참 좋아하는 엄마. 이럴 줄 알았으면 원 없이 찍어줄걸 그랬다. 필름값이 드는 것도 아닌데.

다. 그러다 엄마와 저녁식사를 하는 도중에 결국 폭발하고 말았다. 엄마는 주문한 음식이 나오자 빠른 속도로 젓가락질을 몇 번 하시더니 눈에 띄게 속도가 느려졌다.

"엄마, 괜찮나? 먹을 만하나?"

"그래, 맛있네. 배고팠는데."

"근데 왜 그렇게 조금씩 먹노?"

"그러나? 잘 먹고 있는데."

"엄마, 혹시 입에 안 맞으면 이야기해라. 여기 비싸지도 않아서 다른 거 시키면 된다."

"그럼 엄마 밥 하나만 더 시키자."

그러면 그냥 시켜주면 될 것을, 입에 맞지도 않는 음식을 꾸역꾸역 먹고 있던 엄마에게 버럭 화를 내고 말았다.

"엄마, 내가 그냥 이야기하라고 했잖아."

"그냥 먹으면 되지."

"하루 종일 걸어다니다 이제 저녁 먹는 건데, 그래도 잘 먹어야 될 거 아이가."

"괜찮다. 그냥 먹어도 된다."

내가 엄마를 모시고 여행을 떠난 건 엄마에게 미안함과 고마움의 빚을 조금이라도 갚고자 한 것이었는데, 엄마는 여행 중에도 여전히 나를 위해 희생하고 있었다. 더 이상 엄마가 그러지 않기를, 아들보다 자신을 더 먼저 생각하고 하고 싶은 일을 하기를 바라는 아들의 마음을 아는지 모르는지.

저녁을 먹은 뒤 홍콩의 화려한 야경을 보기 위해 다시 길을 나섰고, 그곳에 도착했을 때 27년간의 죄스러움에 결국 무너지고 말았다. 이제는 더 이상 엄마의 희생을 당연한 것으로 여기지 않기로 했다. 지금까지 내가 얼마나 크고 위대한 사랑을 받았는지 돌아보게 되었다. 숙소로 돌아와서 멍하니 천장을 바라보며 누워 있으니, 투덜거리며 마무리한 저녁식사가 차라리 잘된 일이라는 생각이 들었다. 이번 일이 아니었다면 평생 모르고 살았을지도 모른다는 안도감과 함께.

다음에도 엄마와 여행을 가겠냐고 묻는다면 미간을 찌푸리며 망설일 것이다. 그러나 '엄마가' 여행을 하고 싶다고 내게 말한다면 망설이지 않고 "떠나자"라고 대답할 것이다. 고통 없는 배움은 없다는 말처럼, 비록 내겐 고되고 힘든 엄마와의 여행이었지만 말로 형용할 수 없는 배움을 얻었으니 내 인생 최고의 여행이었다고 포장해본다.

꽃보다 제자_남미 편
청출어람, 스무 살의
무한 잠재력

교사가 되면 꼭 하고 싶었던 게 하나 있었다. 바로 제자와 함께 하는 여행. 하지만 쉽지 않은 일임을 잘 알기에 언젠가 이루고 싶은 꿈일 뿐이었다.

두 번째 고3 담임을 맡게 되었다. 내가 선생님으로서 꼭 지키고자 하는 신념이 있다면 어느 한 명도 차별하지 말고 동등하게 대우하자는 것이었다. 하지만 아무리 신념이 강하더라도 사람인지라 유독 눈길 한 번 더 가고 마음이 한 번 더 가는 학생들은 있기 마련이다. 그럴 땐 그런 눈길과 마음을 다른 학생들이 알아채지 못하게 하는 것이 신념을 지키는 또 다른 방법이다. 그에 반해 학생들은 좋아하는 선생님이 누군지 티를 내려고 안달이다. 그중 유난히 나를 따르던 학생들은 졸업 후에 함께 여행을 하고 싶다고 말하곤 했다. 처음 교직생활을 시작했던 2013년부터 꾸준히 그런 학생들이 있었으니, 아마 그 순번표대로 한 명씩 여행을 함께한다면 나는 평생 미혼으로 살아야 할지도 모른다.

2017년에도 나와 함께 여행을 하고 싶다는 녀석이 있었다. 내마음과 내 눈길이 한 번 더 갔던 학생이었다. 대학 입시에서 승승장구하더니 마침내 목표로 하던 대학에 합격하고는 대뜸 "선생님, 이제 같이 여행 가시죠"라고 말하는 게 아닌가. 굳이 마다할 이유가 없어 "올겨울엔 남미로 갈 거니까 따라오든지"라며 농담 반 진담 반으로 대답했다. 그랬더니 얼마 뒤 이 학생이 기어코 모든 준비를 마치고 칠레에서 합류하겠다고 엄포를 놓는게 아닌가. 나는 볼리비아에서 칠레로 넘어갈 예정이었다. 주변에 우려하는 시선이 많았다. 처음부터 동행하지 않고 중간에 합류해야 했기에 그런 우려는 당연한 것이었다. 그런데 오히려 당사자인 나와 그 친구는 태연했다. "고3이나 된 녀석이 그 정도도 못하겠나?" "저 그 정도는 충분히 혼자 할 수 있습니다"라며 우린 서로를 믿기로 했다.

2018년 1월 14일. 드디어 칠레로 가는 비행기를 타려고 공항에 있는 동현이와 마지막 통화를 했다.

"선생님, 말은 그렇게 했는데 솔직히 조금 두려워요."

"그럼 지금이라도 포기하든지."

"아닙니다. 할 수 있습니다."

"그래, 산티아고에서 보자. 내가 너보다 다섯 시간 정도 늦게 도착하니까 먼저 체크인하고 기다리고 있어라."

"네, 선생님. 저 이제 출발합니다."

겉으로는 알아서 잘할 거라며 무심한 반응을 보였지만 속은 타들어갔다. '혹시나 잘못되면 어떡하지? 환승할 때 비행기를 놓치면 어떡하지?' 걱정하느라 잠도 오지 않았다. 그렇다고 하늘 위에서 연락할 수도 없으니 오죽 답답했겠는가. 산티아고로 출발하기 전 먼저 그곳에 도착했을 동현이에게 연락을 취해봤지만 연결이 되지 않았다. 첫 해외여행으로 지구 반대편까지 온 녀석

여행 중 웃통을 자주 벗었던 동현이. 한국에서 그러면 큰일 날 텐데.

이 와이파이를 찾아 연결할 정신이 없는 것은 당연한 일인데도 말이다. 마음을 졸이며 산티아고에 도착하자마자 휴대전화를 확인해봐도 아무런 연락이 없었다. '이 자식, 도착해놓고 연락 한 통 없다니, 만나면 가만히 두지 않을 테다'라고 벼르며 숙소로 향했다. 다급하게 엘리베이터를 타고 올라가서 초인종을 누르니 동현이가 느긋하게 나와 문을 연다.

"선생님!" 분명히 반쯤 죽여버리겠다고 다짐을 하며 왔는데, 보자마자 반가운 마음에 부둥켜안고 소리를 지르느라 정신이 없었다.

"야, 이 자식아! 도착했으면 연락이라도 해야지."

"선생님, 사실 여기까지 오는데 정신이 없었어요."

"왜? 무슨 일 있었냐?"

"지하철을 반대 방향으로 탔어요. 어찌어찌해서 겨우 도착했는데 이번엔 말이 잘 안 통해서 한참을 헤맸어요."

"그래서? 어떻게 해결했는데?"

"어떤 남자가 헬스장에서 나오기에 부탁했고, 그 사람이 다 도와줬어요."

"잘했어! 기특하다, 정말! 내가 네 나이 땐 지구 반대편에 뭐가 있는지도 잘 몰랐는데, 혼자서 여기까지 오다니!"

말 그대로 내가 열아홉 살 땐 상상도 못했던 일을 제자는 기어

이구아수 폭포 앞에서 동현이가 가장 좋아하는 포즈로 찍은 사진.

코 해냈다. 대학 합격 소식보다 그 순간이 더 자랑스럽고 기특했다. 그날 우리는 늦은 밤까지 지구 반대편에서의 만남을 축하하며 회포를 풀었다. 어찌나 기분이 좋던지 둘이서 새벽 1시에 산티아고 도심을 뛰어다니기까지 했다.

"동현아, 이게 진짜 무슨 일이고?"

"그러게요, 선생님. 몇 달 전만 하더라도 교실에서 선생님 잔소리 듣고 있었는데."

"내가 오래 산 건 아니지만 살다 보니 이런 날도 오네."

"고맙습니다, 선생님."

우린 보름 동안 함께 남미를 여행했다. 오랫동안 꿈꾸던 일이었기에 기억에 더 오래 남아 있다. 아마 나의 교직생활 중에 가장 뜻 깊은 추억으로 남지 않을까?

동현아, 너의 용기 있는 행동이 내 꿈을 이루어주었어! 10년 뒤 서른 살의 너를 기대하마!

어서 와, 외국인 여자 손은 처음이지? 무한긴장과 설렘의 순간.

남녀노소, 예측 불가, 기상천외! '꽃보다' 시리즈

꽃보다 친구 _일본 편
사나이는 절대
멀미약을 먹지 않는다!

대마도(일본)
일본 나가사키현에 딸린 섬으로, 한반도와 가장 가까운 일본 땅이다. 배로 세 시간 정도 걸리지만 파도가 심한 날에는 마치 스무 시간처럼 느껴진다. 멀미약은 선택이 아닌 필수.

20대 초반에 여행을 같이 갔던 고등학교 친구들이 있다. 지금은 다들 서울에서 번듯하게 자리를 잡아 얼굴 보기도 힘들지만, 예전에는 1년에 한 번씩 함께 여행을 다녔다.

하얀 국물 라면이 대유행하던 연말이었다. 술자리에서 '꼬꼬면'과 '나가사키 짬뽕' 중에 뭐가 더 맛있는지를 놓고 논쟁이 벌어졌다. 문득 왜 나가사키 짬뽕이 유명한지, 본토의 맛은 어떤지 궁금해졌다.

"가보면 되지."

"멀지 않나? 나가사키가 어딘데?"

"하긴 우리가 불쑥 찾아가기엔 쉽지 않네."

그때만 해도 저가항공이 보편화되지 않았고, 일본이 가깝다고는 해도 지금처럼 쉽게 떠나는 분위기는 아니었다. 아쉽지만 나가사키 짬뽕 미식 여행은 포기해야 했다.

"나가사키 짬뽕 치니까 가까운 곳이 한 군데 있긴 하다."

"어딘데?"

"대마도에 있네. 부산에서 배로 세 시간 정도면 간다."

"갈래?"

"갈까?"

"가자!"

그렇게 우리의 두 번째 여행지는 대마도로 낙점되었다.

며칠 뒤 우리는 대마도로 가는 배를 타기 위해 부산항에서 만났다. 출발 전 친구가 대뜸 멀미약 이야기를 꺼냈다.

"나는 멀미가 심해서 멀미약 먹어야 한다."

아니, 이 짧은 거리에 멀미약이 웬 말인가. 호기롭게 나는 친구에게 한마디 던졌다.

"야! 고작 세 시간인데, 무슨 멀미약이고? 사나이는 약에 의존하지 않는다!"

결국 두 친구만 멀미약을 먹고 나는 끝내 먹지 않은 채 배에 올랐다.

그러나 내 판단이 틀렸다는 걸 증명하는 데는 긴 시간이 필요하지 않았다. 두 친구는 멀미약을 먹고 잠들어버렸다. 나는 처음

배를 타고 떠나는 해외여행에 들떠 바깥 풍경도 구경하고 작은 면세점도 둘러보며 여유롭게 시간을 보내고 있었다. 그렇게 한 시간쯤 지났을까? 몸에서 이상 신호가 나타나기 시작했다. 분명 멀미였다. 속이 메스꺼워지고 얼굴이 창백하게 질렸다. 나의 이 고통을 아는지 모르는지 두 친구는 누가 업어가도 모를 정도로 깊은 잠에 빠져 있었다. 움직임을 멈추고 자리에 가만히 앉아 두 눈을 감고 명상을 했다. '참아야 한다. 견뎌야 한다. 이겨내야 한다.' 멀미를 이렇게 마음으로 다스릴 수 있다면, 아마 전 세계에 멀미로 고생하는 사람은 아무도 없을 것이다.

엎친 데 덮친 격이라고 했던가. 옆 좌석에 앉아 있던 사람이 비닐봉투를 붙잡고 속에 있던 걸 게워내기 시작했다. '젠장! 저 걸 보지 말았어야 했는데.' 식도를 역류하여 입 밖으로 쏟아져 나오는 토사물과 그 소리가 나를 자극했고, 결국 나도 좌석 앞주머니에 있는 비닐봉투를 얼른 꺼내 분출을 기다리던 화산을 폭발시켰다. 분화가 거의 끝났다고 생각했는데 배가 심하게 흔들려서인지 도저히 속이 진정되지 않았다. 이러다간 큰 민폐를 끼치겠다는 생각에 얼른 화장실로 향했고 변기통을 붙잡고 정신없이 구토를 했다. 한 3일치 먹은 건 다 토한 것 같았다. 이쯤이면 더는 나올 것도 없을 텐데, 꾸역꾸역 계속해서 무언가 쏟아져 나왔다.

뱃멀미를 한바탕 치른 뒤 영 안색이 좋지 않은 나와, 전혀 관심없는 친구들.

도착까지 남은 시간은 80분. 대한해협 한가운데 뛰어들어 차라리 물고기 밥이 되는 편이 이 고통보다 나을 것 같았다. 내가 구명조끼를 입고 바다로 뛰어들면 누군가 나를 구하기 위해 와줄까? 구급용 헬기를 타고 다시 육지로 가게 된다면 내게 청구될 비용은 얼마일까? 그땐 정말 죽을 것만 같아서 온갖 상상을 했다. 처음 화장실에 들어와 문을 걸어 잠그고 변기를 붙잡았을 때만 해도 배가 완전히 멈춰 설 때까지 그곳에 머물 것이라고는 상상도 못했다. 그랬다. 나는 거의 두 시간 가까이 화장실 변기통과 포옹한 채 파도와 기나긴 사투를 벌였다. 배가 완전히 멈추고 이제 밖으로 나가도 된다는 방송이 나오자마자 빛의 속도로 뛰쳐나가 비워낸 속을 바깥공기로 채웠다. 내 상황을 아는지 모대마도에 도착해 '친구'를 주제로 찍어보자며 타이머를 맞춰두고 마구 달려들었다.

파란 하늘의 동화 같은 사진이 필요했던 우리에게 동심으로 돌아가게 했던 순간.

르는지 저 멀리서 친구들이 생글생글 웃으며 걸어왔다.

"야, 니 얼굴 왜 이래 하얗노?"

"진짜네. 내 니 안 지가 언젠데 얼굴 이래 하얀 거 처음 본다."

겨우 숨 좀 돌리고 배에서 있었던 일을 이야기하니 친구들은 얄미울 정도로 큰 웃음을 터뜨렸다.

"지 혼자 사나이라고 그리 우기더만."

한국으로 돌아올 때는 배를 타기 전 셋이서 나란히 약국에 들어가 멀미약을 네 개 구입했다. 하나는 순우, 하나는 재훈이, 나머지 두 개는 나를 위한 약이었다. 왜 두 개냐고? 도저히 겁이 나서 배에 오를 용기가 없었기 때문에. 그 이후로는 멀미 앞에선 절대 강한 척하지 않기로 했다. 아니, 그냥 모든 일에 있어 강한 척하지 않기로 했다.

특별한 경험 속에 체득한
삶의 지혜와 여행의 기술

한국인이 다 저 같은 건 아니에요!
오해하지 말아주세요

에어비앤비
집주인이 집을 사용하지 않거나 잠시 비울 때, 혹은 집에 빈방이 있을 때, 여행객에게 집을 빌려주는 시스템. 현지의 가정집 분위기를 느끼게 해주는 여행의 완성품.

여행 기간이 길어지면 몸에 이상 신호가 나타난다. 감기 기운이 느껴지거나 피부가 뒤집히는 것처럼 체력이 떨어져서 나타나는 증상이다. 익숙하지 않은 잠자리 탓도 있겠지만, 낯선 도시의 새벽 공기를 맡는 것을 좋아해서 새벽 네다섯 시쯤 일어나는 습관이 문제일 것이다. 그뿐인가. 하루에 적어도 10킬로미터에서 많게는 20킬로미터까지 걸어다니는데, 보름 정도 이런 생활이 이어지니 탈이 날 수밖에 없다.

칠레 토레스델파이네 국립공원 트레킹을 한나절 가까이 한 다음 날 온몸이 으스스한 것이 컨디션이 썩 좋지 않았다. 처음에는 근육통 정도로 가볍게 여기고 걷고 또 걸었더니 이내 몸에 경고등이 켜졌다. 하지만 바로 드러눕는다면 다시 못 올지도 모르는데 아까운 시간을 허비할 수 없다는 생각에 평소 일정의 80퍼센트 정도를 소화했다. 결국 몸살이 났고, 감기까지 덤으로 얻어 병원에 가서 링거를 맞아야 하나 고민하는 상황까지 와버렸다. 더 큰 문제는 기침이었다. 다행히 실내 공간에 들어가 공연을 관람하는 일은 없었지만, 같은 방을 쓰고 있는 제자와 옆방에서 자고 있는 선생님들에게 여간 미안한 일이 아닐 수 없었다. 밤새도록 기침을 하는 건 내게도 큰 고통이었지만, 장기간 여행으로 지쳐 있는 동행자들에게도 큰 민폐였다.

어떻게든 민폐를 안 끼치려고 밤새 1층과 2층을 오르내리다 1층

비록 전기는 차단되었지만 너무나 아름다웠던 엘칼라파테의 에어비앤비 숙소.

거실에서 잠을 청했다. 하지만 맨 바닥에 누워 있자니 허리까지 아파오기 시작했다. 이러다간 남은 일정을 통째로 날려버릴 수 있겠다는 생각에 조심스레 방문을 열고 다시 침대에 누웠다. 그렇게 침대와 거실을 오가다 보니 어느새 해가 떠 있었다. 다들 나 때문에 잠을 설쳤을 거라는 미안함에 고개를 들 수 없었다. 그런 내 마음을 읽었는지, 내 동행들은 불편한 기색은 전혀 없이 하나같이 나의 안부를 물으며 고마운 아침인사를 건넸다.

그날은 페리토 모레노 빙하에 가는 날. 입장 시간에 맞추려면 조금 서둘러야 했다. 늘 가장 일찍 일어나던 나는 그날도 어김없이 먼저 씻기 위해 욕실의 불을 켰다. 그런데 스위치를 아무리 눌러보아도 불이 켜지지 않았다. 아무리 아르헨티나 시골 마을이라지만 이렇게 쉽게 정전이 되다니. 밤새 피곤했던 기색을 숨기기도 전에 짜증이 밀려왔다. 거실, 방, 주방 여기저길 다니며 스위치를 눌러봐도 먹통이다. 네 명이 아침부터 분주하게 준비해도 모자랄 판에, 어디부터 손봐야 할지 걱정이었다. 얼른 문을 박차고 나가 숙소 바로 뒤편에 있는 주인의 방문을 두드렸다.

"아침 일찍부터 죄송합니다. 숙소에 전기가 들어오질 않아서요."

내 이야기가 끝나기도 전에 아주머니는 험상궂은 표정을 지으며 "당연하지. 전기가 들어오지 않아야 정상이지"라고 맞받아쳤다. 아니, 손님이 전기가 들어오지 않는다고 이야기하는데 되레

꽃이 핀 정원과 멀리 보이는 호수가 그리워 커튼을 닫을 수 없었던 숙소 안 풍경.

화를 내다니. 안 그래도 엉망인 몸 상태에 불을 지피는 듯한 말투에 분노가 치밀었다.

"저희는 모레노 빙하로 서둘러 가야 해요. 얼른 해결을 해주셔야죠."

"좋아. 해결은 해줄 텐데 하나만 유념해. 당신들은 전기를 너무 함부로 쓰고 있어."

"무슨 말이죠?"

"밤새도록 1층 거실에 불이 켜져 있었어. 내가 지금껏 많은 손님을 받았지만, 전기를 이렇게 낭비하는 사람들은 당신들이 처

동화 속 공주님이 머무를 것 같은 침실. 하지만 현실은 감기 걸린 코 찔찔이가…

음이야."

"제가 밤새도록 너무 아팠어요. 그래서 거실과 방을 오가다 보니 불 끄는 걸 깜빡했나 봐요."

"아무리 아프더라도 여기 아르헨티나에선 절대 그런 식으로 전기를 낭비하지 않아. 우리나라는 전기요금, 수도요금이 엄청 비싸단 말이야."

그렇다. 아르헨티나에서는 아르헨티나 법을 따라야 했다. 전기요금이 비싼 아르헨티나에서 우리나라에서처럼 전기를 마음껏 쓰는 건, 기름값 비싼 우리나라에서 기름을 마구 쓰는 것과 마찬가지였던 거다. 나의 무지에 밤새도록 기분이 나빴을 집주인에게 미안한 마음이 들어 얼른 사과를 했다. 그러곤 우리나라에서 물과 전기를 쓰는 습관에 대해서 이야기해주며, 혹시 다음에 한국인들이 오면 미리 말해주는 게 좋겠다는 주제 넘은 조언까지 덧붙였다.

밤새 참 많은 사람에게 민폐를 끼쳤다. 심지어 한국인 망신까지 시켜놓았으니, 쥐구멍이라도 뚫어 한국으로 도망가고 싶은 하루였다.

용감한 자는
미녀를 얻지 못하고
최고의 사진을 얻는다

이구아수 폭포
브라질과 아르헨티나의 국경에 걸쳐진 거
대한 폭포. 브라질 쪽에서는 폭포 전체를
바라볼 수 있고, 아르헨티나 쪽에서는 눈
앞에서 쏟아지는 폭포를 볼 수 있다.

남미 여행의 막바지에 이르자 체력이 예전 같지 않았다. 유럽이
든 미국이든 한 달을 여행해도 거뜬하던 내가 덧없는 세월 앞에
결국 백기를 들 상황이 온 듯했다. 얼마 전 환갑이 지난 부장님
도 계신데, 겨우 서른 넘은 내가 이런 말을 하기가 부끄럽긴 하
지만. 그렇다고 내 체력이 영 못 쓸 정도는 아니다. 내 기준에 백
기를 드는 것이지 난 여전히 아침마다 조깅을 했고, 하루에 2만
보는 거뜬히 걸어다닌다.

　어쨌든 집에 갈 날이 다가왔지만 마지막 난관이 남아 있었으
니, 다름 아닌 날씨였다. 남미 여행을 하다 보면 봄 여름 가을 겨
울, 사계절을 모두 만날 수 있다. 그중 마지막으로 남은 곳이 여
름 중에서도 한여름, 그것도 열대우림 기후이니, 첫 도착지였다

고 하더라도 웬만해선 버터내기가 어려웠을 것이다. 아침부터 찜통더위가 이어지더니 점심 무렵 소나기가 내려 열기를 식혀주었다. 한여름의 선물 같은 소나기이지만 가끔은 큰 방해가 되기도 한다. 비를 피할 곳이 없을 때라면 특히.

이구아수 폭포는 브라질과 아르헨티나의 국경을 이루는 곳으로 두 나라 어디에서든 그 장엄한 풍경을 바라볼 수 있다. 하루는 아르헨티나 쪽에서, 다음 날은 브라질 쪽에서 폭포를 보는 것이 남미에서의 마지막 일정이었다. 두 곳 모두 나름의 매력이 있기에 어디가 더 좋으냐고 묻는다면 어린아이에게 "아빠가 좋아, 엄마가 좋아?" 하고 묻는 것과 다를 바 없다고 말하고 싶다. 물론 지금은 엄마와 아빠 중에 누가 더 좋냐는 질문에 답하는 게 그다지 어렵지 않지만 말이다. 아기자기한 풍경보다 화려하고 장엄한 풍경을 좋아하는 나로서는 아르헨티나에서 보는 이구아수 폭포가 더 매력적으로 느껴졌다. 그중 '악마의 목구멍^{Garganta del Diablo}'은 이름만으로도 충분히 공포심을 자극하는데, 이구아수 폭포의 대표적인 관광 포인트다. 그곳에서 10분 정도만 서 있어도 떨어지는 폭포수의 엄청난 양과 속도가 마치 롤러코스터를 타는 기분을 느끼게 해준다.

이 악마의 목구멍으로 가는 길, 나는 선택의 기로에 놓였다. 기차를 타고 올라가는데 하늘이 점점 잿빛으로 바뀌는 것이 곧

빗줄기에 머리가 뚫릴 것 같은 고통을 참고 도착한 이구아수 폭포 악마의 목구멍.

소나기가 퍼붓을 기세였다. 여기에서 내가 선택할 수 있는 보기
는 매우 단순하다. 비를 피했다가 출발하거나, 그냥 비를 맞으면
서 가거나. 보통 정상적이고 이성적인 사람이라면 전자를 선택
하겠지만, 나는 그런 사람이 아니기에 후자를 선택했다. 옆에 있
던 동현이가 깜짝 놀라며 만류한다.

"선생님, 이건 좀 아닌 거 같은데요?"

"뭐가?"

"이건 그냥 소나기가 아니라 열대우림의 소나기잖아요."

"그래서?"

힘들게 도착한 뒤의 포효. 이 정도 성취감이라면 더 강한 스콜도 문제없다.

"앞도 안 보이는데 어떻게 걸어 들어가요?"

"동현아, 잘 봐라. 지금 저쪽으로 들어가는 사람은 아무도 안 보이지?"

"네."

"근데 밖으로 나오는 사람들은?"

"전부 다 나오고 있네요."

"그럼 우리가 저기로 들어가는 데 걸리는 시간은 약 15분. 우리가 도착했을 때 저기 안에 있는 사람은?"

"거의 없겠죠?"

"가자. 저긴 원래 사람이 너무 많아서 사진도 제대로 찍기 힘든 곳이란다."

그렇게 우리는 앞을 분간하기도 어려울 정도로 쏟아지는 비를 온몸으로 받아들이며 용기 있게 전진했다. 얼마나 용감해 보였으면 우리보다 덩치가 몇 배는 더 큰 사람들이 연신 엄지를 치켜세웠다.

"동현아, 기분 어떠노?"

"선생님! 죽여줍니다."

"나도. 이거 우리 여행의 하이라이트다."

더 이상 대화가 어려울 정도로 많은 비가 내렸지만, 분명한 건 우리는 지금껏 느껴보지 못한 새로운 즐거움을 만끽하고 있다는 것이었다.

"봐라. 여기 딱 도착하니까 비가 그치잖아."

"역시 지리 선생님이십니다!"

"어디 가서 그런 말 하지 마라. 이건 그냥 잔머리니까."

우리가 악마의 목구멍에 도착했을 때 여기가 세계적 관광지가 맞는지 의심이 들 정도로 텅 비어 있었다. 덕분에 우리는 사진 한 장 제대로 찍기 어렵다는 그곳에서 마음껏 사진을 찍을 수 있었다.

"선생님, 최고의 선택이었습니다."

"가끔 무모한 선택이 멋진 결과를 가져다주는 것 같다. 그래서 용기 있는 자가 미녀도 얻는 거고."

"평소에 이렇게 용기 있는 분이 도대체 결혼은 언제 하십니까?"

"네가 정녕 악마의 목구멍에 빠져 죽고 싶은 게냐?"

우리에게 엄지를 치켜세운 인원만큼, 아니 어쩌면 그 이상의 사람들이 우리를 한심하게 바라보았을 것이다. 하지만 누가 뭐래도 우리에겐 남미 여행의 대미를 장식하는 최고의 순간이었다. 여행은 용기다. 아니, 인생은 용기다.

뒤늦게 도착한, 우리와 비슷한 크레이지 가이. 한 술 더 떠 그는 웃통까지 벗어던졌다.

여행에서 포기는
빠를수록 좋다

Sydney

2012년 호주 여행은 내게 참 특별한 기억으로 남아 있다. 처음으로 혼자서 여행을 떠난 곳이기도 하고, 온전히 스스로 여행 경비를 마련해 떠난 첫 번째 여행이기도 했다. 여행을 준비하며 두려움도 느꼈지만, 그 두려움은 여행을 앞둔 사람만이 느낄 수 있는 특권이라 생각하며 버텼다. 보름간의 호주 여행에는 생각보다 많은 돈이 필요했다. 집에 손을 벌리자니 내 나이가 어느덧 20대 중반이었고, 내가 좋아서 가는 여행인데 부모님에게 손 벌리기엔 양심에 찔렸다.

아버지가 하시는 일은 겨울과 봄이 항상 바쁘다. 내 여행이 늦봄에서 초여름이었으니, 조건 없는 돈을 요구하기보다는 노동의 대가를 얻기로 했다. 두 달 동안 토목공사 현장에서 소위 노가다를 했다. 한번은 농로를 포장하는 현장에 갔는데, 아버지가 50미터 줄자를 건네시며 400미터를 재어놓으라고 하셨다. 줄자를 여덟 번만 이으면 될 것을 아홉 번을 이어버렸고, 포장해야 할 도로가 50미터 남아 있는 상황에서 이 레미콘 차가 마지막이란 신호를 받고야 말았다. 그날 저녁 아버지는 술 한잔 걸치시곤 내게 "대학까지 보내놨더니 줄자 하나 제대로 못 재나. 그런 인간이 우째 선생을 한단 말이고?"라고 한탄하셨다. 교사 자격 미달 판정을 받는 등 우여곡절 끝에, 스스로 경비를 마련해 호주로 떠날 수 있었다.

그렇게 노동을 해서 경비를 마련했지만 최대한 아껴보자는 마음에 빌릴 수 있는 것들은 빌려서 갔다. 그중 하나가 카메라였다. 사실 고가의 카메라는 아니었지만 누군가에겐 소중한 물건이라 여행 내내 아주 조심스럽게 사용했다. 홀로 여행을 떠났기에 사진을 찍어줄 사람이 없으면 삼각대를 펼쳐 타이머를 맞춘 다음 얼른 달려가 포즈를 잡았다. 처음엔 정말 어색하고 부끄러웠는데, 시간이 지나다 보니 주변의 시선 따윈 아랑곳하지 않고 멋진 포즈를 고민하는 수준까지 도달했다. 브리즈번을 거쳐 멜버른 그리고 시드니에 도착했을 무렵엔 도심 한복판에서도 삼각대를 세워두고 여유롭게 포즈를 취할 정도였으니, 어쩌면 혼자 하는 여행을 숙명처럼 느끼면서 그 묘미를 알게 된 건 바로 그때

문제의 카메라. 이때만 해도 곧 벌어질 일을 예상하지 못했는데…

가 아니었을까 싶다.

한국으로 돌아오기 이틀 전의 일이다. 그날도 시드니 오페라하우스를 배경으로 혼자서 열심히 사진을 찍고 있었다. 몇 번을 찍어도 사진이 마음에 들지 않아 왔다 갔다 반복하고 있을 때, 중국인 단체관광객 무리가 내 앞을 지나갔다. 그중 한 명이 내 삼각대를 발로 툭 차버리곤 뒤도 돌아보지 않고 갔다. 한참을 쫓아가 따지고 온갖 표현 방법을 동원해 분노를 표시해봤지만, 영어도 한국어도 못하는 그 사람은 눈 하나 깜짝하지 않았다. "어떻게 이런 대참사를 일으키고도 저렇게 태연할 수 있지?" 그날 하루 종일 그 중국인을 떠올리며 이를 갈았다. 어쨌든 쓰러진 삼각대와 함께 바닥에 내팽개쳐진 카메라는 박살나버렸다. 카메라가 부서진 것도 화나는 일이지만, 남은 이틀간의 여행에서 추억을 남길 수 없다는 것에 더 화가 났다. 하지만 이미 부서진 카메라도 시간도 되돌릴 수 없는 노릇이었다. 부서진 카메라를 보며 백 번 천 번 생각해봐도 결론은 똑같았다. 카메라는 부서졌고, 무심한 시간은 계속 흘러간다. 숙소로 들어가 카메라를 수건으로 고이 싸매어놓곤 다시 밖으로 나왔다.

카메라가 부서지고 처음으로 찍은 사진. 마치 남은 여행을 보는 듯 막막하다.

우선 카메라 생각은 하지 않기로 결심했다. 사진을 찍고 싶으면 누군가에게 찍어달라고 한 다음 이메일로 보내달라고 하면 그만이다. 혹시나 이메일을 받지 못하면 어쩔 수 없는 일이다. 그렇게 생각하니 미련도 없어졌다. 어떻게 그리 냉정할 수 있었는지 모르겠지만, 그 덕분에 남은 이틀간의 여행을 온전히 즐길 수 있었다. 처음 보는 사람에게 사진을 찍어달라고 부탁하고, 받을지 못 받을지 모르는 채 이메일 주소를 가르쳐주기를 반복했다. '어차피 내 손을 떠난 문제라면 집착을 버리고 새롭게 시작하는 편이 가장 좋다.' 이 문장은 그날 이후 여행에 대한 신념 중 하나로 자리 잡았다. 즉 포기해야 할 것은 최대한 빨리 포기하는 편이 정신 건강에 좋다는 것이다.

그렇게 호주 여행을 마치고 돌아오는 비행기 안에서 부서진 카메라에 대해 고민하기 시작했다. 더군다나 남의 물건이라 머릿속이 하얘졌다. 소중한 추억과 사연이 담긴 카메라라면 어쩌

이가 없으면 잇몸으로 버티자며 휴대전화 카메라로 찍은 시드니 오페라하우스.

나 하는 걱정을 안은 채 한국에 도착했다. 카메라를 빌려준 친구
는 대학 동기 성건이었고, 성건이는 당시 사귀던 여자친구에게
그 카메라를 빌린 것이었다. 서비스센터에 들렀지만 수리 불가
능. 결국 같은 기종의 카메라를 새로 사서 최대한 사용한 흔적을
내보려고 며칠을 가지고 다니다가 성건이에게 건넸다. 돌이켜보
면 사실대로 이야기하는 편이 나았을 텐데, 그때는 용기가 부족
했던 것 같다. 아니, 어쩌면 카메라가 바뀐 걸 알고서도 모른 체
했는지도 모른다. 성건이와 그의 여자친구가 나의 용기 없음을
더 큰 용기로 덮어주었는지도.

두 번의 수하물 분실,
분노보다는
지혜를 발휘할 때

수하물 분실 시 Tip
수하물 분실만큼 여행의 기분을 망치는
일은 없다. 특히 여행을 시작할 때라면 최
악. 일단 침착하게 상황을 파악하자. 그리
고 강하게 어필! 얼마나 강하게 어필하느냐
에 따라 수하물을 되찾는 시간이 달라진다.

여행의 기분을 망치는 것 중에 최고봉은 도착과 동시에 수하물을 잃어버리는 것이다. 안 그래도 장시간 비행으로 인해 찝찝한데, 갈아입을 옷도 없고 세면도구까지 없다는 것은 실망을 넘어 분노를 유발하는 일이다. 지금까지 40여 개국을 여행하면서 수하물이 분실된 경우가 종종 있었는데, 단순히 수하물이 늦게 도착했을 뿐이지 진짜 잃어버린 경우는 단 한 번도 없었다. 여러 차례 수하물 분실(정확히는 연착)을 겪다 보니 이제는 수하물이 도착하지 않아도 한숨 한 번 깊게 내쉬곤 일단 숙소로 가는 여유를 갖게 되었다. 장거리 비행이라면, 특히 경유해서 가는 경우라면 분실 가능성을 어느 정도 감안하고 목적지에 도착한다.

이번 남미 여행에서는 내게 두 차례, 영언이에게 세 차례 수하물 분실 사고가 발생했다. 하긴 한 달여의 여행 기간 동안 비행기를 열아홉 번이나 탔으니, 두세 번이라는 분실 횟수가 그리 많아 보이지는 않는다.

첫 번째 수하물 분실은 처음 남미 대륙에 도착했을 때 발생했다. 남미가 어떤 곳인가? 순수 비행시간만 스물네 시간, 경유까지 포함하면 거의 서른 시간에 육박하는 장거리다. 수하물이 도착하지 않았음을 알아챘을 땐 당장이라도 집에 돌아가고 싶은 마음이 굴뚝같았다. 경북 영천에서 인천으로, 거기서 페루 리마까지, 마흔 시간 가까이 옷도 못 갈아입고 제대로 씻지도 못한 상태였다. 나 혼자라면 어떻게든 하루 더 버텨보겠는데 동행자가 둘이나 있고 심지어 여성이었다. 나 때문에 초장부터 여행 분위기를 망치고 싶지 않았다.

"어쩔 수 없죠. 일단 내일 도착한다고 하니, 우리 얼른 시장에 가서 옷 사 입어요."

"이왕 이렇게 된 거 페루 전통 옷이나 한번 사보자."

긍정의 아이콘인 부장님의 화답이 어찌나 반갑던지. 부장님은 여행 내내 예기치 않은 문제가 발생하더라도 늘 긍정의 분위기를 돋워주셨다. 덕분에 우린 커플룩, 아니 트리플룩으로 페루 전통의상을 입고 리마에서의 첫날을 보냈다. 똑같은 디자인에 색상만 조금씩 다른 옷을 입었더니 우리는 어딜 가나 가족으로 오해받았다. 처음엔 직장 동료라고 우겨댔는데, 나중엔 가족이냐고 묻지 않으면 왠지 섭섭하기까지 했다. 다음 날 수하물이 도착하자마자 남들의 시선은 아랑곳하지 않고 공항 구석에 가서 옷을 갈아입었으니, 어느새 우리 셋은 프로 여행가로서의 자질을 반은 갖췄다는 생각이 들었다.

그렇게 순탄하게 이어지던 여행이 또 한 번 난관에 부딪힌 건 동현이가 합류하기로 한 산티아고에 도착했을 때였다. 우리보다 다섯 시간 일찍 산티아고에 도착한 동현이를 한시라도 빨리 만나고 싶었는데, 이상하게도 내 수하물만 나오지 않았다. 결국 수하물 전광판에 '끝'이라는 말이 뜨자 참아왔던 분노가 폭발했다. 똑같은 항공사, 열흘 사이에 두 번의 수하물 분실. 당장 사무소를 찾아가 내가 할 수 있는 분노를 모두 분출했다. 내 모습이 얼마나 염려스러웠는지 부장님과 영언이는 먼발치에서 나를 지켜볼 뿐이었고, 나와 같은 상황에 처한 영국인 노부부가 나에게 진정하라며 말리기까지 했다.

"진정하세요. 수하물을 꼭 찾을 수 있을 거예요."

"제가 이토록 분노하는 이유는 이 사람들이 그냥 점잖게 이야기하면 들어주지 않아서 그래요. 이미 몇 번 당했거든요."

일반화하긴 어렵지만, 남미 사람들은 보통 중동의 무슬림들과 비슷하게 느긋하다 못해 천하태평의 기질이 있다.

"그래요? 여보, 그럼 우리도 화를 내야겠어요."

그렇게 셋이서 합공을 펼치자 결국 스태프는 두 손 두 발을 모두 들었다.

"알겠어요. 최대한 빨리 연락해줄게요."

그렇게 나 혼자 갈아입을 옷도 없이 후줄근한 차림으로 산티아고에서 지내야 했다. 오랜만에 도시에서 화려함을 뽐내는 일행들이 부럽기 그지없었다. 하지만 진짜 문제는 바로 다음 날 산티아고를 떠나야 한다는 것이었다. 그전에 수하물을 받지 못하면 영영 찾지 못할 수도 있었다. 아무리 기다려도 저녁까지 연락이 오지 않자, 나는 특단의 대책을 강구하기로 결심했다. 그리고 전화를 걸었다.

"안녕하세요. 오늘 라탐 항공에 수하물 분실을 신고한 사람입니다. 저는 심장병이 있어 열두 시간 간격으로 약을 먹어야 하는데, 수하물을 받지 못해 지금 숙소에 누워 있어요. 이러다간 큰일 날 것 같습니다."

"그렇습니까? 우리가 최대한 빨리 추적해서 바로 보내드리겠습니다. 스물네 시간 휴대전화를 지니고 계세요."

연락 한 통 없던 항공사에서 갑자기 한 시간, 아니 30분 간격으로 문자를 보내왔다. "당신의 수하물은 현재 라파스에 있습니다." "당신의 수하물은 곧 라파스를 출발해 산티아고에 도착할 예정입니다." 그렇게 몇 통의 문자를 받다 잠에서 깨보니 내 수하물이 산티아고에 도착했다는 마지막 문자가 와 있었다.

수하물을 잃어버린 날 산티아고의 일몰. 근심과 걱정을 내려놓을 수 있었던 순간.

다음 날 아침, 공항에서 뒤늦게 도착한 수하물을 찾고 다시 우리의 여정을 이어 나갔다. 거짓말이 결코 좋은 것은 아니지만, 불가피한 상황이라면 지혜로움을 활용한 것으로 생각하여 신께서도 용서해주시지 않을까? 다행히 심장 발작 없이 수하물까지 찾았으니 나에게도 그리고 항공사에게도 참 다행스러운 일이었다.

탱고의, 탱고에 의한, 탱고를 위한
부에노스아이레스에서의
영화 같은 하루

La Boca

라보카(아르헨티나 부에노스아이레스)
탱고의 발상지. 19세기 후반 이민자들이 항구 선술
집 등에서 추던 춤에서 탱고가 탄생했다.

해외여행객이 선택할 수 있는 숙박업소의 종류는 호텔, 호스텔, 한인민박 등 매우 다양하지만 나는 주로 에어비앤비를 선택하는 편이다. "여행은 살아보는 거야"라는 에어비앤비의 광고 문구처럼 그 나라의 전통과 일상을 경험할 수 있다는 게 장점이다. 숙소도 여행의 일부인 것이다. 그래서 이 짧은 광고 카피에 그토록 열광하고 그들이 말하듯이 '살아보는 여행'의 본질을 찾고자 노력한다. 예전에는 단순히 눈으로 보는 여행이 즐거움의 전부였다면, 이제는 먹는 즐거움과 체험(단순한 액티비티가 아닌 그 나라에서만 할 수 있는 고유한 문화 체험)하는 즐거움까지 누리는 여행을 추구하고 있다.

부에노스아이레스 여행을 계획할 때는 굳이 검색하지 않아도 내가 꼭 해야 할 것이 분명했다. 그것은 바로 탱고. 나는 춤이라고 하면 노래방에서 남이 부르는 음악에 내 몸을 맡기다 못해 던져버리는 것이 다일 정도로 몸치인 사람이다. 하지만 탱고의 본고장까지 가서 탱고 한 번 춰보지 못하고 돌아오는 건 전주에 가서 비빔밥을 먹지 않거나 안동에 가서 찜닭을 먹지 않는 것과 같다는 생각에, 탱고를 최우선 순위에 넣어두었다.

하지만 부에노스아이레스에 도착하니 할 일이 산더미처럼 쌓여 있었다. 축구도 봐야 하고, 쇼핑도 해야 하고, 탱고 쇼 관람에, 심지어 근교처럼 오갈 수 있는 우루과이 투어까지 쉴 틈이 없었다. 그렇게 할 일들을 하나하나 끝내다 보니 어느새 떠날 날이 얼마 남지 않게 되었다.

부에노스아이레스에서의 마지막 밤, 우유니 사막에서 만나 이곳에서 재회한 연주 씨를 숙소로 초대해 홈파티를 즐기고 있는데, 대뜸 연주 씨가 지갑을 뒤적이더니 우리에게 무언가를 건넸다.

"선생님, 이거 탱고 클래스 1일 수강권인데 제가 내일 아르헨티나를 떠나거든요. 혹시 필요하면 쓰세요."

이곳에 와서 가장 먼저 하려고 했던 게 탱고였음에도 불구하고 그동안 다른 데 정신이 팔려 망각하고 있었는데, 정녕 탱고 한 번 추지 못하고 떠날 뻔한 내게 와주신 구세주 같았다. 밤 10

부에노스아이레스 곳곳에서 탱고를 배우거나 추는 사람들을 볼 수 있었다.

시가 훌쩍 넘은 시간, 이미 술에 취한 채로 우리는 얼른 옷을 갈아입고 탱고 클래스를 찾아갔다. 빠르고 경쾌한 선율이 흐르는 가운데, 남녀가 유려한 몸짓으로 춤을 추는 모습을 보니 마치 영화 속 한 장면에 들어온 것 같았다. 영화 〈미드나잇 인 파리〉의 한 장면처럼, 자정 무렵 누군가의 손에 이끌려 과거로 시간여행을 온 듯했다. 19세기 아르헨티나 무도회장에 서 있는 기분이 이런 것일까? 그렇게 우리는 초급반에서 탱고의 기본 스텝을 배웠다. 파트너를 계속해서 바꾸어가며 춤을 추었고, '내가 언제 이런 여성분들과 손을 잡고 춤을 춰보겠는가'라는 생각에 최선을 다했다. 어느 정도 스텝을 익히자 강사가 소리쳤다.

"자! 앞으로 나와서 오늘 배운 스텝을 뽐내볼 사람 있나요?"

보통 이런 자리에서 한국인들은 지목당할까 봐 시선을 아래로 내려뜨리고 머리를 긁적이며 눈길을 피하기 바쁘다. 지목되더라도 심각한 일이라도 되는 듯 진중한 얼굴로 사양하기도 한다. 나역시 강사와 눈이 마주치지 않으려고 애쓰고 있는데, 갑자기 나와 파트너를 했던 여성이 다가와 "우리 한번 춰볼까요?"라고 말하는 게 아닌가? 어떤 기분에도 늘 그을린 피부색을 유지하던 내가 귀까지 빨개지는 것이 느껴졌다. "네! 좋아요!" 쑥스러움 가득한 대답과 함께 탱고 음악에 몸을 맡겼다. 이곳에 들어올 때

영화 속 한 장면과 같은 모습. 관객들 앞에서 로맨스 영화의 주인공이 되었던 꿈같은 경험.

는 영화 속 한 장면을 구경하는 것 같았는데, 두 손을 잡고 시선을 마주치며 음악에 몸을 맡긴 채 춤을 추는 우리가 이제 그 영화의 주인공이 되었다. 타이타닉호에서 잭과 로즈가 서로 함박웃음을 지으며 춤을 추던 모습처럼.

　아무리 시간이 지나도 꿈같았던 일은 생생하다. 죽을 때까지 두 번 다시 겪지 못할 일을 경험했다거나, 진짜 꿈꿔왔던 일을 해냈다거나. 그날은 이 두 가지 모두에 해당하는 꿈같은 하루였다. 만약 내가 정말 영화의 주인공이었다면, 그날 그 여성과 밤새도록 함께 춤췄을 텐데. 아니다. 만약 내가 그녀에게 "와인이라도 한잔할까요?"라고 말했더라면 내 삶이 정말 영화가 되었을지도.

'네? 제가요? 북한에서요?'
베를린에서 우연히
북한에 잠들다 Berlin

대한민국 여권을 소지하고 있어도 우리 마음대로 갈 수 없는 곳
이 있다. 바로 북한이다. 언젠가는 육로로 개성부터 신의주까지,
개마고원과 백두산을 여행하고 싶다는 꿈만 꿀 뿐, 아직까진 상
상 속에서나 그려볼 수 있는 곳이 북한이다. 동남아를 여행할 때
가끔 북한에서 운영하
는 식당에 가본 적이 있
지만, 그 식당들은 내가
원하는 북한을 만나기
엔 턱없이 작았다. 하지
만 간절하게 바라는 만
남은 늘 기적같이 일어

건물 외관만 봤을 땐 북한대사관인 줄 상상도 하지 못했다.
떠나는 그날까지.

난다. 우연히 나는 북한에서 하룻밤을 보낼 수 있었다.

2010년, 독일의 수도 베를린에서 유럽 여행을 시작했다. 독일은 냉전의 아픈 역사가 있다는 점에서 우리와 비슷하지만, 그 아픔을 극복한 듯 보였다. 독일 곳곳에 남아 있는 베를린의 과거를 보며, 우리가 먼 훗날 마주할 미래의 모습이 지금 보고 있는 독일의 모습이 아닐까 생각했다. 우리와 닮은 듯 다른 독일에 대해 사색하며 숙소로 향했다. 당시 가난한 배낭여행객이었던 내게 숙박업소는 가격이 저렴하면서 내 한 몸 누일 수 있는 곳이면 충분했다. 그렇게 여기저기 숙소를 물색하다 베를린 도심에 위치

숙소 창문 너머로 보였던 북한대사관. 글자 자체가 이렇게 위협적인 적은 그때가 처음이자 마지막이다.

한 값싼 곳을 찾았고, 그곳에서 이틀을 묵기로 결정했다. 지하철을 타고 숙소로 걸어가는 길, 무언가를 발견하고는 입을 쩍 벌린 채 그곳을 응시했다. "위대한 수령 김일성 동지는 영원히 우리와 함께 계신다"라는 빨간 글씨를 보는 순간 발걸음은 물론 일순간 숨까지 멈춰버렸다. 베를린에 북한대사관이 있다는 건 알았지만 이렇게 만날 줄은 상상도 못했기 때문이다. 더 놀랍게도 대사관 건물은 내가 머무를 호스텔 바로 옆에 붙어 있었다.

내가 묵을 방은 북한대사관이 보이는 방향이었다. 그곳을 드나드는 북한 사람들도 보였다. 그러다 간혹 눈이 마주칠까 봐 얼른 커튼 뒤로 몸을 숨기기도 했다. 첩보영화에서나 보던 북한대사관이 바로 눈앞에 있고, 김일성 배지를 달고 연신 드나드는 사람들을 바라보고 있자니, 영화 속에서 숨었다 나타나기를 반복하는 공작원이 된 것 같았다. 심지어 내가 머무는 숙소와 북한대사관 사이에는 담장 하나 없었다. 나라의 주권이 인정되는 대사관 터 안으로 혹시나 발을 잘못 디뎌 졸지에 북한으로 잡혀가 갖은 고문을 당하는 쓸데없는 상상도 해보았다. 2박 3일 동안 아침, 점심, 저녁 할 것 없이 북한대사관의 동향을 살피면서, 앞으로 교사가 됐을 때 제자들에게 한 마디라도 더 해줄 이야깃거리를 찾으려 노력했다. 하지만 북한이 괜히 북한이더냐. 철의 장벽처럼 굳게 닫힌 문은 나에게 단 하나의 단서도 흘려주지 않았고,

베를린을 떠날 시간도 점점 가까워졌다. 커튼 뒤에 숨어서 찍은 사진 몇 장이면 한 시간 수업은 거뜬할 거라고 스스로 위안하며 체크아웃을 했다. 그때 숙소 직원이 대뜸 말을 걸어왔다.

"남한에서 온 친구, 우리 숙소 마음에 들었어?"

"편안하고 좋았어. 아주 색다른 경험도 많이 했고."

"북한대사관 보고 그러는 거지?"

"당연하지. 이런 모습을 볼 수 있을 거라곤 상상도 못했는데."

"그럼 상상도 못할 이야기 하나 더 해줄까?"

2박 3일 동안 그토록 찾아 헤매던 이야깃거리를 이제야 듣게 되다니. 커튼 사이로 소심하게 누르던 카메라 셔터보다 더 특별한 이야기를 내심 기대하면서도 그리 큰 기대는 하지 않았다. 이쪽 사람들이 던지는 시시콜콜한 농담은 우리 아재개그보다 못한 수준이 허다했기 때문이다.

"어떤 이야긴데?"

"너는 이틀 동안 북한에서 잠을 잔 거야."

"응? 무슨 소리야?"

"우리 호스텔은 원래 북한대사관 건물이었어. 그런데 북한의 경제 사정이 나빠지면서 이 건물을 임대한 거야. 우리는 매달 북한대사관에 임대료를 내고 있지. 그러니까 아직 이 건물은 북한 소유라는 거야."

몇 년 전만 하더라도 북한대사관은 직원이 100명이나 되었다고 한다. 현재는 그 수가 10분의 1 수준으로 줄어들어 넓은 공간이 필요 없게 되었고, 이 건물을 외화벌이 수단으로 임대하고 있다는 것이다. 그러니 이곳은 분명 북한인 것이다!

그날 프랑크푸르트로 이동하는 기차 안에서 온갖 사념에 빠져들었다. 무엇보다 한국으로 돌아갔을 때 가족과 친구들, 미래의 학생들에게 내가 북한에서 이틀씩이나 자고 온 사람이라는 이야기와 증거를 제시할 수 있다는 생각에 한껏 들떴다. 여행은 늘 의외의 만남을 주선하고, 뜻밖의 경험을 선사한다. 여행이 주선해준 북한과의 만남과 북한에서의 이틀 밤. 베를린 여행의 잊지 못할 밤이었다. 불확실한 것에 대한 설렘, 불가능한 것에 대한 기대. 이 설렘과 기대는 지금까지도 그리고 앞으로도 나의 발걸음을 국경 너머로 내딛게 해줄 것이다.

베를린의 숙소에서 만난 북한대사관.

자부심과 자만심,
자긍심과 부끄러움 사이

아프리카에서 펼쳐진 비정상회담,
의제는 '각국의 교육정책'

"자! 그러지 말고 우리만의 결론을 내보는 건 어때?"

여행 중에 토론을 해본 적이 있는가? 국적도 다르고 가치관도 다른 사람들과 토론을 하는 건 흔치 않은 기회다. JTBC 방송국의 인기 프로그램이었던 〈비정상회담〉이 아프리카 트러킹 중에 이루어졌다. 열흘 가까이 다양한 국적의 사람들과 트러킹을 하면서 많은 것을 배웠는데, 가장 유익했던 시간을 꼽으라면 저녁 식사 후의 '비정상회담'이었다.

'채식주의자는 존중받아야 하는가?' '아프리카 사파리 관광은 정당한 것인가?' '태양열 발전은 진정한 대체 에너지인가?' 이런 일반적인 주제부터 시작해, 한국 이야기에서 촉발된 '한국에서 교육이란 도대체 무엇인가?' '한국의 영어 교육은 왜 잘못됐는

우리가 함께 앉는 어느 곳이든 누구와 함께하든 우린 우리의 삶을 공유했다.

가?'까지 다양한 주제로 토론이 이어졌다. 부족한 영어 실력 때문에 태양열 에너지, 사파리 관광 등의 주제에서는 상대의 발언에 질문을 하거나 반박하기보다는 잘 듣고 동의하는 척 고개만 끄덕였지만, 우리나라 이야기가 나왔을 땐 토론에 열띠게 참여하고 외국의 좋은 사례를 새겨듣기 위해 귀를 기울였다.

특히 한국에서는 방학에도 월급이 나오는 것을 알게 되자, 친구들은 한국 교육에 큰 관심을 보이며 틈날 때마다 궁금한 것을 물어보곤 했다.

"팍! 나도 한국에서 교사로 근무하고 싶어. 지금 이 순간 나에게도 월급이 들어오면 얼마나 좋을까?"

"모르는 소리! 너 아마 우리 학교에서 교사로 근무하라면 절대 안 할걸?"

"할 거야! 여행 중에 월급 주는 직업만큼 좋은 게 어디 있다고?"

"너 아침 7시 30분에 출근해서 밤 11시까지 근무할 수 있어?"

"응? 무슨 일을 하는데?"

"그게 우리 일이야. 나는 고등학교에서 근무하는데, 학생들 하루 일과가 그래."

"미쳤다! 그럼 매일 학생들이 그렇게 밤늦게까지 학교에 있다는 거야?"

"에이, 말도 안 돼. 팍, 농담이지?"

"농담이라니. 나 불과 한 달 전까지 그렇게 일하고 왔는걸."

근무 시간만 말했을 뿐 본격적인 이야기는 아직 꺼내지도 않았는데, 이들은 '크레이지'를 연발했다.

"에드먼드, 호주에선 고등학생들이 어떻게 공부해?"

"우린 9시에 수업 시작해서 오후 3시면 모든 일과가 끝나."

"그 이후엔?"

"동아리 활동을 하거나 운동을 하지."

"안야, 독일은 어때?"

"우린 8시에 시작해서 1시에 모두 끝나."

"1시라니. 거의 우리 토요일 일정인데?"

"뭐라고? 토요일에도 학교에 간다고?"

"심지어 일요일에도 학생들이 학교에 와서 자습을 해."

순간 다들 표정이 굳어졌다. 이건 우리 교육 현실의 10퍼센트도 되지 않는데 벌써 이렇게 놀라니, 앞으로 어떤 이야기를 더 해야 할지 고민스러웠다.

"너무 불행할 거 같아."

"팍, 왜 학생들이 그렇게 늦게까지 학교에 있는 거야?"

"좋은 대학에 들어가기 위해서."

"대학을 왜 가려는 건데?"

문화도 국적도 다른 사람들과 앉아 토론하는 경험은 여행뿐 아니라 내 일상도 더욱 풍부하게 해준다.

"우리 아르헨티나에선 대부분 고등학교 때 기술을 배워. 대학은 정말 공부하고 싶은 사람만 들어가."

"음, 한국에선 대학을 얼마나 잘 가느냐가 인생을 어떻게 사느냐에 영향을 미쳐."

"대학이? 도대체 왜?"

"대학이 취업을 하는 데 가장 중요하거든."

"그 사람의 능력이 아니라?"

"물론 능력도 중요하지만 어느 대학을 나왔는지도 상당히 중요해."

"정말 이해가 안 돼."

"곽, 아까 했던 말 취소할게. 방학 중에 월급 받는 거 전혀 부럽지 않아."

진지한 대화가 오가다 월급 이야기에 모두 웃음을 터뜨렸다.

우리나라는 세계 어디에 내놓아도 자랑스러운 점이 많지만, 교육 문제만큼은 모두를 경악하게 만드는 수준이라는 현실을 다시금 깨달았다.

"곽, 그럼 너도 고등학교 때 그렇게 공부한 거야?"

"우리 때는 더했지. 난 아침 7시에 등교해서 밤 11시까지 공부했어."

"우리 중엔 네가 제일 똑똑하겠다."

절대 그렇지 않다고 강하게 부정하고 싶었지만, 미소 한 번으로 대답을 대신했다. 그렇게 오랫동안 학교에서 교육을 받아놓고 졸업과 동시에 모두 잊어버린다고 말하면 너무 부끄러울 것 같아서. 물론 그 친구들 국가의 교육이 정답이라고 생각하진 않는다. 하지만 우리의 교육도 결코 정답이 아니라는 사실을 이제는 알아야 한다. 단순히 높은 교육열만 내세울 게 아니라, 진정한 학습 동기를 가진 학생들을 길러내기 위한 교육이 이루어져야 할 것이다.

"마지막으로 한 가지만 더 이야기할게. 사실 밤 11시에 공부가 끝나는 게 아니야. 그 이후엔 학원을 가거든."

말할수록 우리의 교육 현실이 너무나도 가혹하다는 사실이 부끄러웠다. 비정상회담 이후 그들은 한국을 어쩌면 사람이 살기 힘든, 아니 살 곳이 못 되는 나라로 생각하게 되었을지도 모른다. 이런 부끄러움은 하루빨리 끝내야 하지 않을까?

강남스타일과 소주를 사랑하는
아프리칸 놀먼이 기억하는
한국, 한국인

스바코프문트(나미비아)
나미비아 북서쪽 대서양 해안에 위치한
휴양 도시. 독일 식민지 시대에 지어진 건
물들이 들어서 있어, 아프리카에서 독일을
잠시 만날 수 있는 곳.

"네가 혹시 팍이니?"

"맞아. 넌 놀먼이지?"

"헤이, 팍! 오빤 강남스타일!"

"하하! 여기서도 그 노래를 잘 아는구나."

"팍! 어젯밤 소주 한잔했어? 사랑해요, 소주!"

놀먼과 처음 만났을 때 나눈 대화다. 아프리카 나미비아에 도
착해서 트러킹을 시작하기 전, 간단한 서약서와 보험 관련 서류
에 사인하기 위해 투어 가이드 놀먼과 숙소에서 만나기로 했다.
내가 아는 건 '놀먼'이라는 이름뿐이었지만, 그는 내가 한국인이
며 이름은 박동한이고 남자라는 걸 알고 있었으니, 나를 찾는 게
훨씬 수월했을 것이다. 지나가는 아프리카인마다 혹시 놀먼인가

싶어서 눈을 마주치다 외면당하기를 몇 차례. 갑자기 누군가 나를 향해 두 팔을 벌려 달려온다. 하긴 이곳에 아시아인이라곤 나밖에 없으니, 혹시나 내가 박동한이 아니더라도 민망함이나 부끄러움은 놀먼에게 애초부터 걱정거리가 아니었다. 유쾌한 말투와 행동으로 나를 대하는 모습을 보며 '투어 가이드는 이런 사람이 하는 거구나'라고 생각했다.

"좋아, 팍! 내일부터 투어가 시작돼. 준비됐지?"

"물론이지. 근데 궁금한 게 있어."

"뭐야?"

"혹시 내가 여기에서 조심해야 할 일이 있으면 이야기해줘."

"좋아! 아주 좋은 질문이야. 우선 넌 투어 중에 절대 소주를 찾아선 안 돼. 혹시 가져온 소주가 있다면 오늘 밤에 다 마셔. 양이 많으면 내가 도와줄게."

"소주라니? 그게 무슨 말이야?"

"한국인들은 소주를 너무 사랑해. 모두가 그런 건 아니지만 가끔 낮부터 소주를 마시는 바람에 투어에 차질이 많았거든."

놀먼이 한국인이 다 그런 건 아니라고 말했지만 몇몇 사람, 아니 어쩌면 꽤 많은 사람들이 그랬을 거라는 합리적 동의의 의미로 고개를 끄덕였다.

"걱정 마. 난 소주를 좋아하지도 않고 가져오지도 않았어."

미슐랭 가이드는 필요없다. 놀먼 가이드만 있다면 그곳이 바로 세계 최고의 맛집이었다.

"실망이야. 오늘 저녁 너와 소주 마실 기대를 하고 있었는데."

상대방의 기분은 상하지 않게, 그러나 할 말은 명확하게 하는 그의 언변이 감탄스러울 정도였다.

"그다음은?"

"이건 조심해야 할 일은 아니지만 꼭 지켜줬으면 하는 일이야. 우리 투어엔 총 여덟 명의 여행객이 있어. 절대 소외되어선 안 돼. 적극적으로 다가가."

"당연히 그래야지. 난 친구 사귀는 걸 좋아하거든."

"혹시 네 영어가 부족하다면 그들에게 한국어를 가르쳐서라도 함께 어울려야 해."

"혹시 네가 이렇게 이야기하는 이유를 물어봐도 될까?"

"이것 또한 마찬가지야, 곽. 오해하지 말고 들었으면 좋겠어."

"걱정 마."

"아시아인들은 부끄러움을 많이 느껴. 그리고 자신이 영어를 못한다는 걸 자기소개 시간에 꼭 이야기하지."

"나도 그럴 참이었어."

"안 돼! 절대 하지 마. 그럴 필요 없어. 여긴 독일인, 아르헨티나인, 프랑스인이 있는데 이들도 영어 잘 못해. 그런데도 늘 시끄럽게 떠들어."

나는 고개를 끄덕이며 그에게 계속하라는 신호를 보냈다.

놀먼은 친구 같기도 하고 형 같기도 하고 선생님 같기도 했다. 어쨌거나 나의 정신적 지주였다.

"100퍼센트 만족하는 여행이 되려면 다른 무엇보다 친구들을 많이 사귀어야 해. 분명 많은 걸 얻을 거야. 가끔은 네가 상상하지 못한 것도 얻을 거고."

물론 그땐 동의의 뜻으로 두 눈을 지그시 감으며 고개를 끄덕인 게 다였지만, 되돌아보니 그의 말처럼 나는 상상도 하지 못했던 경험을 그때 만난 친구들과 함께했다. 케이프타운에서 용기 내어 그들에게 내가 렌터카를 운전하겠다며, 지금부터 투어 가이드는 나라며 오지랖을 떨지 않았던가. 그 덕분에 나는 정말 많은 걸 얻었다.

그가 기억하는 한국인의 모습은 나에겐 조금 아쉬운 점들이었다. 누군가 바뀌길 바라기 전에 나부터 바꾼다면, 나부터 올바른 자세를 가진다면 비록 시간이 오래 걸릴지는 몰라도 좋은 결과를 가져올 거라 믿으며 그들과 함께하는 시간에 최선을 다했다.

"팍, 그때 내가 적극적으로 대화하라고 했던 말 기억나?"

"응, 놀먼. 처음 봤던 날."

"사실 투어 중에 단 한 마디도 안 한 한국인이 한 명 있었는데, 그의 직업이 영어 선생님이었어. 우린 모두 충격에 빠졌지."

"놀먼, 나도 학교에서 영어를 10년 넘게 배웠는데 2년 전에 시작한 영어 공부가 지금 내 영어 실력이야."

"참 한국은 알다가도 모를 나라야. 하지만 이것만큼은 확실해.

팍! 너는 내가 아는 한국인 중에 최고야. 너만큼 정이 많고 뭐든 열심히 하고 긍정적인 사람은 한 번도 만난 적이 없거든. 사랑해, 한국! 사랑해, 팍!"

우리의 첫 만남 전에 놀먼이 품고 있던 한국인에 대한 생각과 우리가 헤어지던 날 내가 놀먼에게 각인시킨 한국인의 모습. 이쯤이면 내 역할은 해낸 것 같다. 지금 이 시간에도 누군가에게 두 팔 벌려 달려가며 '강남스타일'을 외치고 있을 놀먼이 나보다 더 좋은 한국인을 많이 만나서, 그에게 한국은 참 따뜻하고 좋은 나라로 기억되었으면 좋겠다.

우린 음악만 흘러나오면 함께 춤을 추었다. 헤어지는 그 순간까지도.

'This round on me!'
대한민국 교사의 자부심

매달 17일은 나에게 크리스마스 같은 날이며, 공휴일 같은 날이기도 하다. 어쩌면 생일보다 더 좋은 날이다. 그날은 바로 월급날. 간혹 교사들이 방학 때 월급을 받는다고 불만을 토로하는 사람들도 있지만, 교사들은 연봉을 열두 번으로 나누어 받는 거지 방학에 따라 월급을 받는 것은 아니다. 그런데 방학 때도 월급 받는 걸 시샘하는 건 한국인만이 아니었다.

2017년 1월, 한창 아프리카를 여행할 때였다. 트러킹에 참여해 수많은 나라에서 온 친구들과 함께 즐거운 나날을 보내고 있었기에 오늘이 월요일인지 화요일인지, 16일인지 17일인지도 몰랐다. 매일 밤 우리는 숙소에 마련된 바에서 맥주나 칵테일을 마시며 서로의 관심사를 공유하며 즐거운 시간을 보냈다.

그날도 어김없이 우리는 둥글게 둘러앉아 시끄럽게 떠들며 노래를 부르고 있었다. 그 순간 내 전화기가 울렸다. 무심코 바라본 스마트폰 화면에는 월급이 들어왔다는 알람이 떠 있었다. 그제야 오늘이 17일, 월급날이라는 것을 알고 쾌재를 불렀다.

"얘들아, 나 방금 월급 받았어!"라고 외치자마자 나를 둘러싸고 있던 열네 개의 눈동자가 의심의 눈초리로 바뀌었다.

"팍! 넌 지금 아프리카를 여행하고 있는데, 어떻게 월급을 받아?"

"우린 매달 월급이 나와. 방학에도 들어오고."

"한국은 들으면 들을수록 호기심이 생기는 나라야."

"내가 한국에서 선생님이 되려면 뭐가 필요하지?"

스마트폰 알람 하나에 다들 한국에서 교사가 되고 싶다며 질문을 쏟아냈다. 우리의 월급 시스템에 대해 자세히 설명해줄까 하다가 여행 중에도 월급 받을 수 있는 대한민국의 처우를 자부심으로 남겨두고 싶은 마음에 설명은 고이 접어두었다. 그때 우리가 마시고 있던 칵테일은 단돈 1300원이었기에 내가 벌떡 일어나 소리쳤다.

"This round on me!" '이번엔 내가 쏠게!'라는 뜻이다. 우리 돈으로 고작 1만 원이 넘는 수준이었지만, 이 친구들은 내 말이 끝나자마자 열광했다.

"팍! 팍! 팍! 팍!"

"나는 이 여행의 마무리를 한국에서 할 거야."

"나는 내 삶을 한국에서 마무리하고 싶어."

그렇게 이어지는 한국 찬양과 함께 우리의 밤은 더욱 깊어갔다.

더치페이 문화가 확실한 외국에서는 한국인처럼 누군가 나서서 밥값이나 술값을 계산하는 것은 보기 드문 모습이다. 어쩌면 그들의 눈엔 불합리해 보일 수도 있지만, 한국의 정서를 보여주고 싶었던 나는 "This round on me"를 몇 번이나 더 외쳤다.

다음 날 아침, 독일인 안야가 나를 찾아왔다.

"곽, 어젯밤 너무 무리한 거 아니야?"

"응? 나는 너희들이 좋아서 그냥 그렇게 했을 뿐이야."

"아무리 그래도 이틀치 식비를 썼잖아."

"하하, 괜찮아. 어차피 어제 내가 쓴 돈은 보충수업 두 시간만 하면 버는 돈이야."

"월급 말고도 또 수업을 해서 돈을 받는다고?"

"응, 우리나라는 정규수업이 모두 끝나면 추가적으로 학생들이 원하는 수업을 하는데, 그 수업은 따로 수당을 받아."

방학 중에, 그것도 여행 중에 월급 받는 것에 충격을 받았던 그들은 수업을 더 하면 수당을 받는다는 나의 이야기에 또 한 번 충격을 받은 모습이었다. 덕분에 한국은 그들의 상식을 모두 깨버린 곳이 되어버렸다. 그런 교육 시스템이 정당한지 아닌지는

한껏 들뜬 우리는 아프리카 스프링복을 흉내내며 웃고 떠들었다.

판단하지 않았다. 그들은 나를 통해 본 시스템을 한국만의 문화라고 생각했고, 다른 문화를 평가할 대상이 아닌 존중하고 알아가야 할 대상으로 받아들이는 듯했다.

우리는 다음 날 덜컹거리는 트럭 안에서 한참 동안이나 한국의 교육에 대해 이야기를 나누었다. 지금도 호주 친구 에드먼드는 가끔 나에게 연락을 한다.

"곽! 내 버킷리스트 중에 하나는 한국에서 영어 가르치는 거야. 내 자리가 생기면 언제든 연락해!"

통신 불가 지역
아프리카에서 마주한
슬픈 대한민국

아프리카 여행 중에 와이파이 찾기란 하늘에 별 따기나 다름없다. 특히 사막이나 오지로 들어가면 와이파이는 고사하고 통신 자체가 끊겨버린다. 문명화된 삶에 익숙한 나는 얼른 이곳을 탈출하고 싶다는 생각이 자주 들었다. 문명과 단절된 덕에 그동안 바쁘다는 핑계로 애써 감추어놓았던 고민들을 꺼내보는 소중한 시간을 가질 수도 있지만, 그것도 3일 정도면 충분하다. 그 이상일 경우 오히려 필요 이상의 잡념에 빠져 정신적으로 피폐해지는 증상을 겪었던 터라 단절된 여행을 그리 오래 계획하진 않는다.

2017년 1월, 나미비아 수도 빈트후크를 떠나 사막으로 들어갔을 때였다. 속세와 단절되어 답답한 마음을 지나가는 치타를 구경하며 달래고, 가끔 누군가 건네는 안부 인사에 위로받았다. 저녁식사를 마치고 트러킹 팀원들과 맥주를 한잔하기 위해 그날 밤도 어김없이 바를 찾아갔다. 트러킹이 시작된 지 얼마 지나지 않았을 때라 서로 조심스럽고 대화에도 제약이 꽤 많던 시기였다. 벽걸이 텔레비전의 전원을 켜놓고 애써 집중하는 척하며 어색함을 달래고 있었다. 분명 전원을 켠 사람은 나인데, 어느새 모든 팀원들이 같은 곳을 응시하고 있었다. 갑자기 화면에 낯익은 사람들이 나타났다. 탄핵 소추로 직무 정지 상태였던 대통령과 국내 최대 대기업의 부회장이었다. 영어 자막이 나오자 약속이라도 한 듯 모두가 나에게 시선을 집중했다.

"곽, 지금 뉴스에 나오는 사람 너희 나라 대통령 맞아?"

"응. 조금 문제가 있었어."

"저 사람은 지금 우리가 쓰는 휴대전화를 만드는 회사의 CEO 잖아?"

"맞아. 너희들이 생각하는 게."

"저 두 사람이 이제 감옥에 간다는 거야?"

"설명하자면 엄청 길어. 근데 아프리카에서도 우리나라 뉴스가 나오니 새삼 신기하면서도 부끄럽네."

그들은 궁금한 게 더 많아 보였지만 내가 대답을 회피하고 있다는 것을 눈치챘는지 더 이상 캐묻지 않았다. 다행히 인터넷도 안 되는 곳이었기에 그들은 더 이상 그 뉴스에 대해 알 길이 없었다.

"나라가 많이 혼란스러운 상황이야."

"대통령이 저런 모습을 보이는 건 내가 생각하는 한국에선 불가능한 일인데."

"건국 이래 현직 대통령으로는 처음 있는 일이야."

내키지는 않았던 대화를 몇 마디 더 나누다 텔레비전을 등지고 돌아앉았다. 인터넷도, 전화도 안 되는 이곳까지 한국의 불편한 소식이 전해진다는 것이 마음 아팠다. 그때 놀먼이 나를 불렀다.

"꽉! 도대체 저건 무슨 상황이야?"

다시 의자를 돌렸다가는 대화가 더 길어질 것 같아 고개만 돌리고 텔레비전을 응시했다. 앞 뉴스에 대한 자료화면으로 세월호 침몰 장면이 화면을 가득 채우고 있었다. 이내 절로 한숨이 나왔다. 수많은 학생들이 너무나도 어처구니없이 세상을 떠나버린 사건. 잊혀선 안 될 가슴 아픈 그 일. 다들 숨죽이며 텔레비전만 응시했고 몇몇 친구들은 두 손으로 입을 가린 채 두 눈을 부릅뜨고 바라보았다.

"세상에! 저기에 사람들이 얼마나 타고 있었던 거야?"

"300명 조금 넘게 타고 있었어."

"저 배는 왜 침몰하는 거야? 그리고 왜 많은 사람들이 배 안에 가만히 있는 거야?"

"말도 안 돼! 요즘 같은 세상에 저런 일이 벌어진다는 게 말이 돼?"

"저 배에 탄 사람들 중 대부분은 학창 시절 한 번뿐인 여행을 떠나는 고등학교 학생들이야."

내뱉어놓고도 괜히 말했나 싶을 정도로 분위기가 급속도로 침울해졌다. 다들 숨소리도 내지 않았고, 다음 질문을 던지지도 않았다.

"나는 한국에서 선생님이잖아. 참 가슴 아픈 일이고, 볼 때마다 고통스러운 사건이야."

어렵게 먼저 입을 뗐지만 그들은 긴 침묵을 이어나갔다. 언제나 자랑스럽던 나의 조국이 참 부끄럽고 안타까워지는 순간이었다. 그들의 눈에 비친 이 말도 안 되는 대한민국의 상황을 설명하기란 제법, 아니 매우 어려운 일이었다. 며칠 후 안야가 찾아와 그때의 일로 다시 말을 걸어왔다.

"사실 와이파이가 연결되었을 때 그 뉴스를 검색해봤어. 너무 많은 일들이 복합적으로 엮여 있던데, 그 학생들은 부디 좋은 곳으로 떠났으면 좋겠어."

"고마워, 안야. 나도 그러길 간절히 바라고 있어."

문화가 다를 뿐이지 틀린 건 없기에, 항상 우리 문화에 대해 한 치 부끄러움 없이 한국인의 삶과 행동을 말해왔었다. 그러나 이번 일은 우리에게도 매우 충격적인 일이었고 모두가 말도 안 된다고 생각할 정도로 일어나서는 안 될 일이었다. 이런 일을 외국인의 눈을 통해서 다시 보니 더 큰 상처가 되었다. 더 이상 일어나서는 안 될 일들. 이를 위해 남 탓만 할 것이 아니라 나의 작은 행동부터 돌아봐야 할 것이다. 그것이 변화의 시작이므로. 다시는 반복되지 않도록 그날의 일들이 준 메시지를 기억해야 한다.

슬픈 대한민국. 그날 밤 유독 밝게 빛나던 하늘의 별. 그들이 별이 되어 우릴 비추어주었으면.

세계 3대 카지노
정복 시리즈 1, 2차전
치고 빠지기!

쓸데없이, 굳이, '세계 3대'라는 타이틀로 폭포, 미항, 야경 등을 선정한 사람은 누구인가. 세계 3대 미항은 나폴리, 시드니, 리우 데자네이루이고, 세계 3대 폭포는 이구아수, 빅토리아, 나이아 가라다. 그 기준이 명확하지는 않지만, 순위 안에 들어간다는 것 자체만으로 수많은 관광객들을 끌어당긴다. 하지만 세계 3대 카지노는 규모 면에서나 화려함에서 누구나 납득할 수 있는 곳들이다. 미국의 라스베이거스, 마카오, 호주 멜버른의 크라운카지노가 세계 3대 카지노로 꼽힌다. 이상하게 여기를 모두 정복하는 것이 자부심처럼 느껴져, 나도 모르게 두 군데를 다녀온 이후 마지막 장소를 정복할 계획을 급하게 세웠다.

2012년에 멜버른 크라운카지노에 갔을 때다. 내부가 서울 상

세계 3대 카지노 중 하나인 멜버른 크라운카지노. 그때 저길 가지 말았어야 했는데.

암동 월드컵경기장 크기는 족히 되어 보이던 그 카지노는 휘황
찬란하다 못해 정신을 쏙 빼놓는 압도적인 분위기로 나의 방문
을 환영했다. 첫날 슬롯머신을 몇 번 해보다가 룰렛 판에 가서
야 카지노의 진정한 재미를 알았다. 20만 원으로 시작한 돈이
어느새 50만 원이 되더니 기어코 70만 원까지 올라갔다. "세상
에! 내 적성을 여기에서 찾을 줄이야!" 내가 70만 원을 땄을 때
내뱉은 말이다. 드라마 〈올인〉의 주인공처럼 내가 가진 칩을 유
려한 손놀림으로 베팅 판에 올릴 때의 그 기분. 더 이상 미래는
걱정 없겠다는 생각이 들었다. 앞으로 내 주거지는 멜버른이 될
것이고. 하지만 그런 행복한 상상이 산산조각 나는 데는 단 5분

이면 충분했다. 쉴 새 없이 돌아가는 구슬에 혼이 나간 채 자꾸 돈을 잃는 쪽에 내 칩을 올려놓았고 결국 20만 원으로 시작했던 첫 카지노 방문은 0원으로 끝이 났다. 처음부터 20만 원은 잃을 각오를 하고 갔지만, 정작 70만 원까지 땄다가 잃으니 울화통이 터졌다.

그날 호스텔에 돌아와서 침대에 누웠는데, 자꾸만 70만 원이 눈앞에 아른거려 도저히 잠을 이룰 수 없었다. '마지막으로 딱 20만 원만 더.' 새벽 1시가 조금 넘었을 때쯤 침대에서 일어나 다시 크라운카지노로 향했다. 비장한 눈빛, 조금 전의 영광을 재현하겠노라는 당당한 걸음. 누군가 내 상황을 알았으면 한껏 비웃었을 테지만, 내 인생에 이렇게 진지한 적이 있었나 싶을 정도로 매우 진중하게 그곳을 다시 찾았다. 그리고 그 20만 원은 아까보다 더 짧은 시간에 날아가버렸다. 도대체 왜 굳이 이 고생을 하면서 20만 원을 잃으러 왔을까. 참 다행스러운 것은 다음 날 시드니로 떠나야 한다는 것이었다. 만약 내가 멜버른에 하루만 더 체류했더라면 아마 여권까지 잃고 뎅기열에 걸렸을지도 모를 일이다. 현재까지 잃은 돈은 40만 원. 그리고 곧 두 번째 라운드가 펼쳐졌다.

때는 1년 후인 2013년 여름 미국 라스베이거스. 이번에는 기어코 돈을 따겠다고, 그리고 베팅 금액의 두 배를 따는 순간 자

라스베이거스의 카지노. 모든 건물의 1층이 카지노라 도저히 헤어 나올 수 없었다.

리를 박차고 일어나겠다고 다짐했다. 슬롯머신으로 예열을 한 뒤 수많은 사람들 사이를 비집고 돌아다니다 가장 마음에 드는 룰렛 테이블 앞에 자리를 잡았다. '2연패는 없다. 반드시 명예회복을 하리라.' 굳은 다짐 속에 2차전이 시작되었다. 1차전의 패배가 신경 쓰였는지 베팅 액수에 소심함이 묻어났다. 고작 5000원짜리 칩으로 게임에 임하다 보니 한 시간 가까이 지나도록 쌓여 있는 칩에는 별반 차이가 없었다. '이제 승부수를 던져야 해. 지금이다!' 단가가 가장 높은 검은색 칩을 몇 단으로 쌓아 베팅을 했다. 딜러의 종소리와 함께 심장이 쿵쿵거리기 시작했다. 쿵. 쿵. 쿵. 쿵. 쿵. 머릿속이 하얗게 질릴 때쯤 구슬의 속도가 점점 느려졌다. 속으로 '홀, 홀, 홀, 홀!'을 외치며 두 눈을 지그시 감았다가 다시 떴을 때 그 조그마한 구슬이 홀수 위에 놓여 있음을 확인하고는 마치 잭팟을 터뜨린 사람처럼 환호했다. 얼마 만의 승리인가! 누가 나를 쳐다보건 말건 상관없었다.

겨우 마음을 가라앉힌 뒤 종전과 똑같은 색깔의 칩을 같은 높이로 맞춘 다음 두 번째 승부수를 던졌고, 세 번째도 네 번째도 다섯 번째도 모두 내가 칩을 놓은 곳에 구슬이 멈추었다. 20만 원으로 시작한 칩이 어느새 200만 원 가까이 쌓였다.

'여기서 그만. 지난날의 교훈을 잊어선 안 돼!'

'무슨 소리? 지금이 기회야. 확실히 승기를 잡았어. 멈추지 마!'

어릴 적 예능에서 보던 내적 갈등이 마음속에서 재현되고 있었다. 꽤 혼란스러웠지만 결국 지난날의 교훈이 내 손을 붙잡아주었다. 칩을 달러로 바꿔서 호텔방으로 들어와 기도하듯 두 손으로 움켜잡고 눈을 지그시 감았다. '신이시여, 제가 살 곳은 멜버른이 아니라 라스베이거스였습니다!'

카지노 시리즈 전적 1승 1패. 하지만 1패 후 거둔 1승은 대승이었다. 이 정도로 사기가 올랐으니, 마지막 3차전에서는 보다 손쉬운 승리가 예상되었다. 3차전 장소는 6개월 뒤 마카오. 하지만 이번엔 혼자가 아니다. 내 옆에 엄마가 서 있다.

대박의 손놀림. 어릴 적 영화나 드라마에서 보던 모습을 내가 재현하고 있었다.

세계 3대 카지노
정복 시리즈 3차전
'엄마, 내가 이래 봬도 카지노의 황태자다!'

Macao

마지막 3차전이다. 시간을 지체할 수 없다. 물이 들어왔으니 노를 저어 다음 목적지로 향해야 한다. 2014년 1월, 카지노 투어의 종착지 마카오에서 시리즈 최종전이 치러졌다. 이번엔 엄마와 함께였다. 엄마에게 더 넓은 세상과 아름다운 것들을 보여주고 싶은 건 아들의 당연한 마음이었다. 그래서 장엄함과 화려함을 한 방에 보여줄 수 있는 최고의 장소를 물색했고, 결국 카지노로 결정했다. 비록 라스베이거스에 비할 바는 아니지만 마카오는 해외가 낯설기만 한 엄마에게 충분히 매력적일 것이다.

아침 일찍 홍콩에서 페리를 타고 마카오에 도착했다. 도착하자마자 포르투갈식 요리로 점심을 먹은 뒤 셔틀버스를 타고 카지노가 있는 호텔로 향했다. 평소 도박은 뉴스에나 나오는 일처

세계 3대 카지노의 마지막 여정. 마카오 베네시안호텔.

럼 여기는 엄마에게 세계 3대 카지노의 하나를 보여주면 여태껏
보지 못한 엄마의 가장 큰 두 눈을 볼 수 있을 거라 생각했다. 굳
이 맞힐 필요가 없는 이런 예상은 역시나 틀리지 않는다. 수많은
슬롯머신과 바카라, 룰렛 등의 테이블, 그리고 발 디딜 틈 없이
들어찬 사람들의 모습에 엄마의 큰 눈이 더 크고 동그래졌다.

"엄마, 여기가 카지노라는 데다."

"실제로 보니까 정말 크네."

연신 감탄사를 쏟아내는 엄마에게 더 이상의 설명은 필요 없

을 것 같았다.

"엄마, 그래도 여기까지 왔는데 빠칭코 한번 당겨봐라."

"에이, 난 그런 거 못한다."

"그래도 여기까지 와서 이거 한 번 안 하고 가면 되나?"

엄마는 평소 내 베팅 금액의 20분의 1정도 되는 소액을 슬롯 머신에 넣고 버튼을 이리 누르고 저리 눌러보지만 쉽지 않은 모양이었다. 엄마가 별 흥미를 느끼지 못하는 걸 보니 슬롯머신보다는 차라리 화려한 분위기와 사람들을 구경하는 편이 낫겠다는 생각이 들었다. 그리고 이왕이면 아들이 하는 모습을 보여주어야겠다고 판단했다. 드디어 내가 등판할 차례였다.

"엄마, 세계 3대 카지노가 있는데, 내가 두 군데는 다녀왔고 여기가 마지막이다."

"그래서 돈은 많이 땄나?"

그래도 그동안 내가 믿음직한 아들이었던 모양이다. 얼마나 잃었느냐고 묻지 않고 얼마나 땄느냐고 묻는 걸 보니.

"첫 번째는 잃었는데, 두 번째는 많이 땄다. 세 번째는 더 많이 따겠지?"

"그래도 너무 많이는 하지 마라. 도박이 얼마나 무서운데."

"걱정 마라, 엄마. 한국 돌아가면 이거 생각나도 못한다."

2차전 승리로 기세가 오를 대로 올라 있던 나는 당연히 3차전에서도 밑져야 본전, 잘하면 대박을 터뜨릴 거라 믿어 의심치 않았다. 오늘 밤 이곳에서 돈을 따서 엄마와 호화로운 저녁식사를 하리라 다짐했다.

하지만 늘 그렇듯 틀려도 되는 예상은 꼭 맞고, 꼭 맞아야 할 예상은 어김없이 빗나간다. 큰 금액은 아니었지만 내가 베팅한 돈은 순식간에 바닥을 드러냈고, 다시 선택의 기로 앞에 서게 되었다.

'뭐해? 명예 회복해야지. 패배 후엔 승리, 몰라?'

'그만해. 엄마가 지켜보고 있잖아.'

왜 카지노에만 오면 평소엔 전혀 나타나지 않던 선택의 신들이 내 앞에 아른거리는지. 카지노를 즐길 여비가 있었지만, 도박에 대한 불신과 불안함으로 나를 지켜보고 있는 엄마 앞에서 계속 돈을 걸기는 쉽지 않았다. 말씀은 안 하셨지만 애초에 저기에 앉지 말았으면 하고 바랐을 거다. 그리고 앞으로 여행 간다고 하면 아들이 어느 카지노에서 방탕한 시간

베네시안호텔 곤돌라에서 엄마와 함께. 돈을 잃기 전엔 이렇게 웃을 수 있다.

을 보내는 건 아닌지 의심을 하다 여행 자체를 극구 반대할지도 모른다. 패배를 인정하고 깨끗이 물러나기로 했다. 인정하기 싫지만 3차전

돌아가는 셔틀버스에 오르는 순간, 마치 포승줄에 묶여 구치소로 이동하는 기분이었다. 모든 걸 잃은 그 기분.

에서는 패배하고 카지노를 뒤돌아 나왔다.

누구는 카지노에서 인생 역전도 한다지만, 엄마에게 인생 역전은 아니더라도 살 만한 인생이라는 것 정도는 느끼게 해주고 싶었는데. 결국 '그저 그런 인생'으로 세계 3대 카지노 정복은 끝이 났다. 어디 보자. 세계에서 네 번째로 큰 카지노가 어디더라? 누가 정해두지 않았다면 세계 4대 카지노는 내가 한번 만들어봐야겠다.

자아의 발견과 팽창
'빌어먹을! 여행이 내 인생을 망쳤다!'

'지금이라도 돌아가면
비행기값만 빼고
전부 아낄 수 있어'

사람들은 대부분 일이 제대로 풀리지 않을 때 어떻게 이 현실에서 도피할지 궁리한다. 각자 나름의 방법이 있을 텐데, 내겐 여행이 그 최고의 수단이었다. 다른 문화를 체험하는 것은 새로운 출발에 대한 동기부여로 충분하기 때문이다. 선진국을 다녀오면 '더 열심히 노력해서 저 사람들처럼 여유 있게 살아야지'라며 분발하게 되고, 개발이 뒤처진 나라를 여행하고 나면 '열악한 상황에서도 그들은 저렇게 열심히 사는데, 나도 더 열심히 살아야겠구나'라며 풀어진 나를 채찍질하게 된다.

교사를 꿈꿨던 나는 대학 졸업 후에도 교직의 길이 좀처럼 쉽게 열리지 않아 힘겨워했다. 그렇다고 포기하고 싶지는 않았지만, 당장은 그 고통스러운 터널에서 벗어나고 싶었기에 혼자만

초조함이 극에 달한 나는 게이트 앞에서 마지막 고민을 했다. '돌아갈까?'

의 여행을 하기로 결심했다. 누군가의 손에 이끌려서, 혹은 누군가와 함께 떠나는 여행은 모든 부담을 n분의 1로 나눌 수 있고 혹시 실수를 하더라도 얼른 제자리를 찾을 수 있다. 하지만 혼자서 떠나는 첫 번째 여행은 그 모든 부담감을 혼자 감내해야 했기에 여행을 떠나기 직전엔 마치 수능을 하루 앞둔 수험생처럼 초조했다.

처음으로 혼자서 호주를 여행하기로 마음먹었을 때의 그 설렘. 3개월간 공사 현장에서 흙먼지 마시고 강물에 빠져가며 여행 가는 날만을 애타게 기다렸다. 그러나 정작 그날이 다가오자 정체불명의 긴장이 엄습해왔고, 3개월 전으로 돌아간다면 나는 어떤 선택을 할까 하고 반문하게 되었다. 결국 설렘보다 긴장으로 며칠 밤을 지새웠더니 곧 떠나야 할 날이 오고야 말았다. 공항으로 가는 내내 후회와 설렘 사이를 오가다가 공항에 도착했을 때 내게 마지막 선택의 기회가 왔음을 직감했다. '지금이라도 포기한다면 비행기값만 빼고 전부 아낄 수 있어.' 경험도, 영어 실력도 부족했던 그때, 어쩌면 이런 고민은 당연한 것이었지만 스스로를 겁쟁이로 몰아붙이며 마음을 다졌다. '생각이 길어지면 겁쟁이가 된다.' '결단은 빠르고 간결하게 내려야 한다.' '하지 않고 후회하는 것보다 하고 나서 후회하는 편이 더 낫다.' 그때 내 머릿속에서 급하게 만들어진 인생 교훈들이다. 내가 느낀 떨림은 기대가 아닌 걱정이지만, 이 긴장감과 걱정은 누군가에게는 간절히 원하는 기회일지도 모르고 나에게 주어진 특권이라는 생각이 들자, 두 번 다시는 이 같은 고민을 하지 않기로 했다. 내게 부족한 건 경험과 능력이 아니라 용기였던 것이다.

'뒤도 돌아보지 말고 그냥 앞만 보고 내딛자. 에라, 모르겠다. 설마 죽기야 하겠어?' 이 선택은 내 인생의 결정적인 순간 중 하나일 것이다. 혹자는 사랑, 학업, 금전, 명예, 권력을 추구하며 노력하겠지만, 나에겐 여행이 그 어떤 가치보다 나를 빛나게 하고 나를 움직이게 하는 것이었다. 20대 초반에 자아의 신화를 찾았다는 것, 내가 무엇을 할 때 극한의 카타르시스를 느끼는지 안다는 것, 여행에서 인생의 최고 가치를 발견한다는 것. 이 때문에 나는 지금도 멈추지 않고 떠날 수 있다. 여행은 내게 지금껏 겪어보지 못한 시간을 선사하고, 하루하루를 도전으로 채우게 한다. 모든 것이 원하는 대로 이루어지지는 않았지만, 그 속에서 발견한 지혜와 용기는 앞으로 내 인생의 항로를 인도해줄 나침반이 되었다.

아직도 긴 여정을 떠나기 전이면 긴장하곤 한다. 이런 나의 모습이 부끄럽기도 하다. 그러나 앞서 말했듯이 지금의 이 불안함이 누군가는 간절히 느끼고 싶어 하는 '행복한 걱정'이라는 것을 알기에, 더 넓

홍콩 공항에 도착해서야 더 물러날 곳이 없다는 걸 알았다. 그리고 내 여행의 역사가 시작되었다.

은 세상을 향해 발을 내딛는다. 스물두 살 첫 여행을 시작했고, 스물세 살 처음으로 혼자 여행을 떠났고, 스물넷에 미국을 횡단했으며, 스물아홉 살엔 모든 대륙을 다녀왔다.

2012년 5월 4일, 비행기값은 날리더라도 여행 경비라도 건지고 싶었던 나약한 나를 이기고 떠난 것은, 더 배우고 더 많이 보고 더 성장하고 싶은 진정 박동한스러운 결단이었음을 자부한다. 그리고 덕분에 지금은 수많은 학생들이 나의 삶을 동경한다. 그때 그 결정이 아니었더라면, 지금의 나는 없었을지도…

20대의 마지막 도전, 그리고 마지막 대륙

스무 살, 내 꿈은 대륙 정복이었다. 역마살이 있는 줄 몰랐던 그때, 나는 바람처럼 자유롭고 싶었다. 어쩌면 여행보다 자유를 갈망했던 건지도 모른다.

마지막 대륙 정복을 위한 배낭. 삶의 위대한 여정에서 20킬로그램의 배낭은 솜털처럼 가벼웠다.

유럽을 시작으로 아시아, 오세아니아, 북아메리카, 아프리카를 여행했고 서른 살을 이틀 앞둔 2017년 12월 29일, 드디어 마지막 남은 대륙 남미로 떠났다. 비행기가 이륙하기 전 공항에서 20대의 나에게, 그리고 다가올 30대의 나에게 짧은 글을 남기며 비행기에 올랐다.

만 29.9세! 20대의 마지막 도전을 시작한다. 세상 물정 모르고 까불기만 했던, 철없던 20대 초반의 내가 막연히 품었던 6대륙 정복이라는 꿈. 만 스물아홉 살에 드디어 그 꿈을 이루게 되었다. 5일 후 만 서른 살이 된 내가 페루 쿠스코에서 여기저기 돌아다닐 상상을 하니 꿈은 이루어진다는 말이 실감이 났다.

분명히 꿈같은 시간이겠지만 힘들 것이며, 신기하지만 위험할 것이고, 행복하지만 외로울 것이다. 그간의 여행에서 내공을 많이 쌓았다고 생각하지만, 출발선에 선 순간에는 매번 걱정이 앞서고 두려움을 느낀다. 특히 이번 여행은 유독 걱정이 앞선다. 그 이유는 고산병. 처음 혼자서 배낭을 메고 떠났던 호주도, 남들이 그렇게 위험하다고 만류했던 아프리카도 이 정도로 걱정되지는 않는데, 그 고산병이 뭔지 새로운 여정에 임하는 마음을 자꾸만 무겁게 한다. 조심하면 되는 안전과 다르게 고산병은 의지나 노력과 상관없이 불쑥 찾아오기에 더욱 그런 것 같다. 유독 불안한 내 모습이 낯설고 초라해 보인다. 하지만 이 또한 이겨내는 것이 내가 할 일이며, 부딪쳐봐야 진정한 나 자신을 알 수 있다. 아무렴 어떤가! 이 또한 도전이고 이 또한 나의 역사인 것을. 고산병이 무서워서 남미로 떠나지 못한다면 나는 평생 너무 많은 것을 놓치며 살아야 할 것이다. 두려움을 이겨냈을 때 더 넓은 세상을 볼 수 있었고, 결국 지금의 나로 성장할 수 있었다는 사실을 가슴속에 새겨두고 위대한 발걸음을 내딛는다.

누군가는 그렇게 여행 다니면 돈은 언제 모으느냐고 묻는다. 물론 10년 가까이 여행을 하며 대형세단 한 대 값은 족히 썼지만, 나는 그 누구도 가질 수 없고 돈으로는 환산할 수 없는 슈퍼울트라 강심장을 가지게 되었으니, 여행은 소비가 아닌 투자였던 셈이다. 내 삶이 끝나는 순간까지 이 투자를 멈추지 않을 생각이다. 그러므로 나는 서른 살에도, 마흔 살에도 그리고 그 이후에도 성장의 기쁨을 맛볼 수 있으리라.

아무쪼록 나는 떠난다. 내게 남은 지구의 마지막 대륙으로. 고

만 서른 살 생일을 자축하며. 페루 쿠스코에서 유독 호기심을 보이던 두 소녀와 생일을 축하했다.

산병을 시름시름 앓을 수도 있고 전 재산을 털려버릴 수도 있지만, 한 단계 더 성장할 수만 있다면 감내할 가치가 있다고 생각하면서.

여행을 하다 보니 세상 참 별것 아니란 생각이 든다. 누군가는 시건방진 말이라 할 수도 있고, 누군가는 지나친 자만이라고 말할 것이다. 그러나 자만이 아니라 자신감이라고 당당히 말할 수 있는 건, 그만큼 내가 단단해졌다는 증거일 것이다. 페루를 시작으로 아르헨티나로 이어지는 긴 여정. 1분 1초도 헛되이 보내지 않으리라. 그리고 매 순간 발견하고 얻은 것을 앞으로 만날 제자들에게 고스란히 전달하리라. 그 친구들 또한 세상이 별것 아니라는 걸 깨닫고 당당히 도전하고 깨지고 성장해나갈 수 있도록.

마지막 대륙! 특별한 동행! 순정 쌤과 영언이와 함께, 2017년 12월 29일, 나의 20대와 작별하고 나의 30대를 맞이하는 그 순간에.

어렵게 용기 내어 찾아낸
나 자신과 마주한 시간

자기애적 장애에 대한 단상

_2017년 1월 21일, 나미비아와 남아프리카공화국 국경 어딘가에서

    여행은 우리에게 여러 가지 유익함을 준다. 고향에 대한 그리움, 타지에 대한 새로운 지식 그리고 자기 자신에 대한 성찰과 발견. 여권 사증을 출입국 도장으로 가득 채울 만큼 여행을 다녔지만, '아! 이게 나의 모습이구나' 하고 느낀 건 이번이 처음이다. 덧붙여 '아! 이것이 인생이구나'까지 알게 되었으니, 이번 여행에서 내가 쓴 돈과 시간은 소비가 아닌 더 나은 생애 설계를 위한 투자였다는 생각이 든다.

    나는 '자기애적 장애'를 가지고 있다. 가끔은 누군가에게 불편

아프리카의 끝에 걸터앉아 있으니 내 삶의 끝도 궁금해졌다.

을 줄 만큼 스스로를 강하게 통제한다. 무슨 일이 있어도 출근 전 한 시간은 운동을 하고, 술은 일주일에 두 번 이상 마시지 않는다. 체중 관리를 위해 저녁은 되도록 삼가고, 이용당하고 있다는 생각이 드는 인간관계는 단호히 끊어내고 돌아선다. 내가 계획한 무언가가 예정대로 진행되지 않을 땐 불안을 느끼고, 내 결정에 대한 강한 믿음이 깨질 땐 스스로에게 외로움이라는 벌을 내린다. 이것이 나와 내 인생을 강하게 사랑하는 법이라 생각했다. 이러한 증상을 바탕으로 스스로에게 내린 진단명은 '자기애적 장애'다.

아프리카에서 70억 분의 10, 즉 7억 분의 1의 확률로 만난 친구들이 자신을 위해, 자신의 삶을 위해 스스로를 사랑하는 법을 관찰했다. 그들의 모습을 보니 어쩌면 우스갯소리처럼 붙였던 나의 병명이 정말 '장애'일 수도 있겠다는 생각이 들었다. 때로는, 아니, 비교적 자주 나는 나 자신보다 타인이 평가하는 나를 더 중요하게 생각했다. 하지만 지금 내 눈앞에 있는 이 친구들은 이 순간과 이 감정에 온전히 집중하며 최선을 다하고 있다. 카누를 즐기다가 날씨가 더워지면 옷을 훌러덩 벗어던지고 물에 뛰어든다. 매일 저녁 저무는 해를 마주하고 맥주를 마시며 가족과 친구에게 엽서를 쓰는 낭만을 안다. 아프리카의 비포장 길을 에어컨도 없이 달리는 트럭 안에서 책을 읽고, 어디서든 음악이 흘

인간은 위대한 자연 앞에서 한없이 초라해진다. 초라해지더라도 그 앞에 당당히 서기로 했다.

러나오면 선율에 몸을 맡기는 열정도 있다. 타인의 시선으로 자신의 현재를 마주하는 것이 아니라 그저 그 순간의 생각과 느낌에 온전히 자신을 맡긴 채 행동한다. 어쩌면 내가 판단했던 뒤틀린 '자기애'가 향해야 할 방향이, 그 정답이 여기에 있을지도 모른다고 생각했다.

이미 고착화된 나의 삶은 쉽게 변하지 않을 것이다. 한국으로 돌아가면 언제나 그래왔듯이 새벽마다 운동을 할 것이고, 술과 음식을 절제할 것이며, 인간관계에 대한 나의 판단을 신뢰하며 살아갈 것이다. 하지만 이번 여행이 고착화된 내 삶에 작은 균열을 냈다는 것, 그 균열이 조금씩 커지면서 일상의 작은 부분에서부터 변화가 시작되리라는 것, 마지막으로 그 균열을 통해 마침내 '더 나아진 나'를 만날 수 있다는 것! 이것이 이번 아프리카 여행을 통해 얻은 자기성찰이자 자기발견이 아닐까. 참 다행이다. 20대를 잘 마무리하기 위한 여행지가 아프리카라서. 아직도 내 삶이 변할 수 있다는 기대와 설렘을 갖게 되어서. 나의 잠재력이 어쩌면 무한하다는 것을 깨닫게 되어서. 눈을 뜨는 순간부터 눈을 감는 순간까지 모든 것이 낯설었고, 모든 것이 도전이었고, 모든 것이 배움이었던 나의 청춘, 나의 아프리카. 하쿠나마타타(근심 걱정은 모두 떨쳐버려)!

ps. 그 균열이 나의 삶을 조금 바꿔놓긴 했다. 주 2회 음주에서 주 5회 음주로. 아프리카에서 매일 저녁 마시던 맥주 맛을 잊지 못해 지금까지 이어져오고 있다는 사실. 좋은 쪽으로 변화가 일어나길 기대했는데, 꼭 그렇지만은 않은 모양이다.

나와 함께하는 사람들은 나를 비추는 거울이다.

볼리비아 라파스, 무질서 속의 평온함 그리고 자아의 발견

해발고도 4000미터. 구름 위의 도시. 라파스는 세계에서 가장 높은 곳에 위치한 남미 최빈국 볼리비아의 수도다. 무질서가 일상이고 하루 종일 숨 가쁜 도시 라파스! 나는 이 도시를 사랑하기로 결심했다.

라파스는 남미를 여행하는 사람들에게 대부분 우유니 사막으로 가는 여정의 경유지에 불과하다. 무질서와 역동성, 투박함과 순수함이 혼재되어 있어 내 정신과 육체의 무게중심마저 흔들리며 아찔해지는 느낌이 라파스에 대한 첫인상이었다. 하지만 이곳의 땅을 밟고 한 걸음씩 내디딜수록 느꼈다. 떠날 때쯤이면 나는 분명 이 도시를 격렬하게 사랑하게 될 거라고.

라파스를 떠나기 전날, 일찌감치 공항으로 가는 텔레페리코

라파스의 무질서 속에서 나는 오히려 안정되어갔다.

(라파스의 대중교통 수단인 케이블카)를 탑승하는 곳까지 걸어가기로 결심했다. 고도 4000미터를 넘나드는 고산지대였고, 끝이 보이지 않는 오르막길이었지만 주저하지 않았다. 이 사랑스러운 도시를 마지막으로 걸으며 마음속에 담아두기 위해서였다. 새벽부터 이슬비가 내렸지만 우산도 쓰지 않은 채 앞뒤로 가방과 배낭을 메고 50분 가까이 걸었다. 숨이 차서 심장이 터질 것 같았고, 비에 온몸이 젖었지만 길 위에 온 정신을 집중했다. 그러다 걸음을 잠시 멈춰 걸어온 길을 뒤돌아보는 순간 코끝이 찡해졌다. 내 인생에서 두 번 다시는 이 길을 거닐 수 없다는 생각이 들

었기 때문이다. 10초만 더 응시했다가는 눈물이 툭 떨어질 것 같았다. 그 뒤로는 오직 앞과 옆만 살피며 걸었다. 그렇게 한참을 걷다 보니 목적지를 지나치고 말았다. 평소 같았으면 욕이라도 한마디 내뱉었을 텐데 내 입가엔 작은 웃음이 지어졌다. '아! 마지막인 줄 알았는데 다시금 돌아갈 길이 생겼구나' 하는 생각에. 이젠 길을 잃어도 서두르지 않는 법을 배웠기에 돌아가는 발걸음은 흩뿌려지는 이슬비만큼이나 한결 가벼웠다.

남미를 여행하는 사람들은 라파스를 좋아하지 않는다. 아니, 증오한다. 길거리엔 도둑이 즐비하고 도시 자체가 매우 조잡스러워 정을 붙이기가 어려운 곳이기 때문이다. 그들의 생각이 틀

복잡한 그곳에도 사랑은 있었다. 인류의 행복은 언제나 사랑에서 시작된다.

린 건 아니다. 이 도시에서는 언제 소지품을 털릴지 모르니 항상 긴장해야 했고, 거리는 쓰레기와 매연으로 가득했다. 하지만 난 라파스를 사랑하게 되었다. 질서, 정렬, 규칙, 원칙, 청결 등 나와 가장 가까운 단어들을 단 하루 만에 무질서, 흐트러짐, 불규칙, 무원칙, 불결로 바꾸어놓았기 때문이다. 모든 것을 통제해야 하는 강박관념 속에 살아오다가 라파스라는 세상에 빠지는 순간, 무언가 살아 있다는 생각이 들었다. 아니, 내가 살아 있다는 생각이 들었다. 내 정신과 육체를 지배하던 규칙적인 일상은 단 하루 만에 봉인해제되었고, 마음이 편안해졌다. 마치 발목에 차고 있던 모래주머니가 떨어져나간 기분이었다. 걱정이 사라지고 여유가 생겼다.

그렇게 나는 얼마 만인지 모를, 아니 어쩌면 처음일지도 모를 온전한 자유를 느끼고 있었다. 내가 굳이 질서를 지키지 않더라도, 씻지 않고 돌아다녀도 여기에선 그저 평범한 사람 중 한 명에 불과했다. 자유를 만끽하며 걷고 또 걸었다. 그날 하루 3만 보, 22킬로미터를 걸었다. 피곤하면 잠시 숙소로 들어와 30분 동안 낮잠을 자고 다시 밖으로 나가 걸었다. 무질서 속에 나를 던져버렸다. 무단횡단을 시작으로 질서와 규칙이 사라질 때까지 걸었다. 골목골목 걸어도 규칙성을 찾을 수 없었고 심지어 골목에서 풍기는 냄새마저 다르게 느껴졌다. 내가 그토록 갈구하던 내면의 평화를 무질서 속에서 찾게 되다니! 그렇게 자유의 도시 라파스를 호흡하며 휘젓고 다녔다. 그리고 또 다른 나를 발견했다.

비에 흠뻑 젖은 채로 텔레페리코 정류장에 도착했다. 숨이 미칠 듯이 차올랐지만 이 도시를 가로지르며 내 젊음, 내 청춘을 묻어두고 왔으니 참 잘한 선택이었다는 생각이 들었다. 언제 다시 돌아올지 모르겠지만 반드시 돌아올 것이다. 그때도 나는 여전히 만 서른 살의 청춘일 것이다. 헤어진 모습 그대로.

2018년 1월 11일 라파스를 떠나며
구름 속에 갇혀 있는, 세계에서 가장 높은 곳에 위치한
엘알토 공항에서

모든 것이 어두워지고 오직 빛만 남은 이 도시는 나를 더 밝게 비추었다.

왕복 아홉 시간
토레스델파이네가 준 선물
'소중한 것의 가치'

토레스델파이네 국립공원(칠레)
〈내셔널지오그래픽〉이 선정한 죽기 전에 꼭 가봐야
할 50곳 중 하나인 파타고니아 최고 절경. 빙하와 만
년설을 바라보며 오르면 토레스 삼봉이 우주로의 발
사 준비를 마친 로켓처럼 우뚝 솟아 있다.

내가 다녀온 여행지들에는 공통점이 있다. 호스슈밴드와 앤털로
프캐니언, 마추픽추와 우유니 사막… 위대하고 아름다운 것들은
결코 그 모습을 쉽게 드러내지 않는다는 점이다. 바로 대자연의
공통점이었다.

　칠레에 도착했을 때 첫 번째 목적지는 토레스델파이네 국립공
원이었다. 트레킹 시간만 왕복 아홉 시간이었다. 그날 아침 우
리 일행은 단단히 마음먹고 차에 올라탔다. 전날 빌린 렌터카
를 타고 가다 길을 헤매기도 했지만 무사히 국립공원 입구에
도착했다.

　"자! 선생님, 동현아, 지금부턴 편도 네 시간 반, 왕복 아홉 시
간 동안 걷기만 해야 합니다."

"선생님, 저 무릎이 조금 안 좋습니다."

"내가 고작 스무 살짜리한테 무릎 안 좋단 이야길 들어야겠나? 그럼 업고 올라갈까? 여기 환갑잔치 한 부장님도 계신데?"

"아닙니다. 제가 조금 뒤처지더라도 정상에서 만나시죠."

우리는 각자의 방식과 속도로 산을 오르기로 했다. 한 시간이 지났을 무렵 팀원들의 모습이 보이지 않았다. 중간에 기다릴까 한참을 고민했지만 오히려 내 속도에 맞추려고 무리할 것 같아서 정상에서 기다리기로 마음먹었다. 단 1초도 쉬지 않고 앞으로 나아갔는데도 정상은 보이지 않았다. 거의 다 왔을 거라 짐작

트레킹은 소중한 것을 하나하나 떠올리게 했다. 그리고 절대 잊지 않겠다고 다짐했다.

하면서, 내려가는 사람에게 "얼마나 더 가야 해요?"라고 물었더니 "한 시간은 더 가야 해요"라는 실망스러운 대답만 돌아왔다. 비니쿤카의 영광을 여기에서 재현하리라고 다짐하며 사람들을 한 명 한 명 앞지르며 정상의 문턱까지 올라섰다.

토레스델파이네 국립공원의 정상 라스토레스^{Las Torres}. 마지막 작은 언덕을 넘어 모퉁이를 돌자 그 장엄하고 아름다운 모습이 드러났다. 모퉁이를 돌기 몇 초 전까지도 상상할 수 없었던, 그토록 고대하던 라스토레스의 모습이었다. 찰나의 순간 마주하게 된 극적인 만남이었다. 모든 것을 날려버릴 듯한 강한 바람을 피

오직 앞만 보고 걸어가는 길. 정신을 집중하고 지나간 무언가를 떠올리기에 안성맞춤.

하기 위해 거대한 바위를 등지고 앉아, 우뚝 솟아 있는 세 개의 바위를 한참 바라보았다.

문득 자연이 그렇듯이 위대하고 아름다운 사람도 결코 그 모습을 쉽게 드러내지 않는다는 생각이 스쳤다. 어쩌면 그 사람 바로 앞의 모퉁이에서 아름다움을 알아보지 못한 채 뒤돌아섰는지도 모른다. 장엄하고 위대한 자연 앞에 초라하게 앉아 있는 내 모습이 지나간 사람을 떠올리게 했다. 찰나의 순간을 이겨내지 못하고 떠나보낸 인연이 얼마나 될까? 아쉽긴 하지만 이미 떠나간 인연이다. 아름다운 봄날도 지나가기 마련이다. 언제 꽃이 피었냐는 듯이, 언제 화창해졌냐는 듯이. 그리고 우리의 바람과는 별개로 다시 봄날은 온다. 나에게 다시 봄이 온다면 그 아름다움을 놓치지 않기 위해 꼭 모퉁이를 돌겠노라 대자연 앞에서 다짐했다.

이런저런 생각을 하며 한 시간가량 보냈을 즈음, 저 멀리서 "박선생!" "선배!" "선생님!" 하고 외치는 반가운 목소리들이 들렸다.

"고생했다. 근데 영언이랑 동현이는 나보다 한 시간이나 늦게 도착하다니, 분명 문제가 있는 거 같은데?"

"죄송합니다. 나름 최선을 다했는데 어쩔 수 없네요."

"부장님 대단하십니다. 이걸 해내시네요. 고생하셨습니다. 저 앞을 한번 보세요. 힘들게 올라올 가치가 충분하지 않나요?"

"선생님, 진짜 장관이네요. 솔직히 중간에 포기하고 싶었는데, 정말 후회할 뻔했습니다."

나뿐만 아니라 여행을 하는 수많은 사람들이 '안 했으면 후회할 뻔했다'는 말을 종종 한다. 여행도 그렇지만 일상생활에서도 할까 말까 고민되는 상황에 부딪히게 된다. 그럴 때면 나는 "무조건 하라"고 조언하는 편이다. 안 하고 후회하는 것보다 하고 나서 후회하는 편이 더 나으니 말이다.

우리의 마음을 더욱 단단하게 만들어준 큰 바윗덩어리를 뒤로하고 차가운 바람을 맞으며 하산했다. 각자의 속도로 걷다 보니

마지막 문턱 하나를 넘어서야 만날 수 있는 토레스 삼봉.

이번에도 내가 제일 먼저 도착했다. 다음 날 동현이 생일을 어떻게 보내야 할지 생각할 시간이 필요했는데, 그런 내 마음을 눈치 챘는지, 그 녀석은 기어코 느지막이 출발선으로 돌아왔다. 서프라이즈 파티가 아니더라도 열 시간 가까이 이어온 자신과의 싸움이 스무 살의 동현이에게는 최고의 생일 선물이었을 거다. 물론 서른 살 나에게도 새로운 배움의 시간이었고, 직접 여쭙지 못해 모르겠지만 분명 예순의 부장님에게도, 갓 교직에 들어선 후배 영언이에게도 큰 울림이 있었을 것이다.

'포기하지 말자. 노력과 기다림에는 분명 보상이 따를 테니.'

듄45 모래언덕 위에서는
죽음이 두렵지 않았다

Dune45

듄45(나미비아)
나미비아 사막의 수많은 언덕 중 45번째
사막. 떠오르는 태양의 각도에 따라 모래
색깔이 바뀌어 한시도 눈을 뗄 수 없는 곳.

죽음이 두렵지 않은 순간이 있다. 물론 정말 죽음을 목전에 둔다면 살려달라고 두 손 빌며 애원하겠지만, 죽지 않을 걸 잘 알기에 '이 순간만큼은 내가 죽더라도 후회 없을 거다'라는 객기 어린 표현을 할 수 있는 것 같다. 함부로 죽음을 말해선 안 된다지만 도무지 형용할 수 없을 정도로 최고의 순간이 오면 죽음이라는 극단적인 상황을 생각한다. 처음으로 혼자 여행을 떠났다가 한국으로 돌아오던 날 그런 기분을 느꼈고, 이후에도 지금 죽어도 여한이 없겠다는 최고의 순간들을 몇 차례 더 경험했다. 그런 주기가 점점 짧아지는 건 인생의 황금기가 자주 있다는 증거이기도 할 테고, 내 여행이 성숙해지고 특별해지고 있다는 증거이기도 하다.

듄45에 올라 떠오르는 태양을 보고 있자니 내 인생도 이만큼 찬란한 것 같았다.

아프리카 트러킹에서 만난 친구들과 보낸 첫날에 있었던 일이다. 태어나서 그렇게 많은 별을 본 적이 없다. 수많은 별들이 밤하늘에 보석처럼 박혀 있었다. 지구에서 하늘의 별을 보는 것이 아니라 우주에서 은하계를 보는 듯한 착각에 빠졌다. 꽤 고급스러운 숙소를 잡아두었는데도, 우리는 별똥별 열 개만 보고 들어가기로 약속하고 밖에 나와 맨바닥에 벌렁 누워버렸다. 약속보다 긴 시간 동안 우리는 웃고 떠들었고, 어느새 자정을 훨씬 넘어 새벽이 되었다. 에드먼드가 내게 뜬금없는 질문을 던졌다.

"곽, 지금 기분이 어때?"

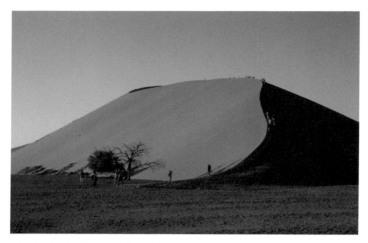

능선을 올라서야 내가 원하는 걸 마주할 수 있다. 사막의 모래언덕도, 내 인생도.

나는 한참을 생각하다가 "지금 죽어도 후회가 없을 것 같아" 라고 대답했다. 매 순간의 행복에 감사했지만, 그땐 감사를 넘어 인생의 카타르시스를 느끼고 있었다. 여한이 없을 것 같은 카타르시스에 취해 우린 그날 동이 틀 때까지 이야기를 나눴다. 그 좋은 숙소에서는 결국 아침 샤워만 누렸을 뿐이었다.

그날 아침, 나미비아에서 일출이 가장 아름답다고 하는 듄45로 향했다. 나미비아 사막에 있는 언덕들은 숫자를 붙여 부르기 때문에 듄45는 '나미비아의 45번째 모래언덕'쯤으로 해석하면 된다. 세계에서 가장 높은 모래언덕으로 유명한 듄45는 물리적 높이를 압도하는 치명적인 매력이 있다. 발이 모래 속에 푹푹 빠져 언덕을 오르는 게 매우 힘들었지만 드넓은 사막을 한눈에 볼 수 있었고, 그 사이로 떠오르는 태양을 대면할 수 있었다. 그 광경을 보고 있자니 자유롭게 나는 새보다 더 자유로운 영혼으로 이곳을 유영하고 있는 것만 같았다. 정말 죽음이 두렵지 않을 만큼 황홀한 광경이었다. 아니, 어쩌면 죽음 뒤에 찾아오는 자유로움이 아닐까 생각했다. 내가 알고 있는 지구의 모습이 아니었다. 이토록 엄청난 자연 앞에서 이렇게 초라해질 인간인데, 왜 그리 안간힘을 쓰고 살았으며 왜 그토록 괴로워했던 것일까. 그저 모래 위를 힘겹게 터벅터벅 오르면서 삶의 본질에 대해 깊이 사색하고 성찰했다.

물론 죽음이 두렵지 않았던 그 짧은 순간들은 기억으로 남아 있을 뿐 곧 연기처럼 자취를 감추고 말았다. 하지만 나는 그 순간을 아직도 선명하게 느낄 수 있다. 내가 밟았던 그 모래가 지금 내 옆에 있기 때문이다. 한국으로 돌아와 짐 정리를 하다가 신발에 잔뜩 들어 있는 모래를 발견했다. 대수롭지 않게 신발을 뒤집어 툭툭 털다 보니, 모래가 붉은색을 띠는 것이 그때 그 모래가 틀림없었다. 죽음이 두렵지 않았던 그 순간, 그 기억의 증거를 두 손으로 주워 담고 신발에 남아 있는 기억까지 탈탈 털어내니 제법 양이 많았다. 유리병에 그 모래를 담아놓으니 절로 입

듄45에 남긴 발자국. 죽음을 두려워하지 않았던 용기도 함께 남겨두었다.

죽음이라는 단어와 용기 있게 마주할 수 있었던 그 순간을 함께한 친구들.

꼬리가 올라갔다. 콧방귀 뀔 정도로 흐뭇한 웃음이 새어나왔다.

일상생활에서는 죽음에 대해 고민한 적이 없다. 아니, 워낙 살기 바빠서 그런 생각을 할 여유가 없다고 하는 것이 맞겠다. 하지만 지금 내 방 한편에 놓여 있는 유리병을 바라보자니 나에겐 죽음과도 맞바꿀 수 있을 정도로 특별했던 시간과 경험이 있었다는 것을 새삼 느끼게 된다. 평생에 죽어도 좋을 만큼 황홀한 무언가를 소유했다는 증거가 내게 남아 있다. 누군가가 그토록 갈망하고 있을, 죽음과 맞바꿀 만큼 소중한 무엇인가를 나는 벌써 이만큼 가지고 있다. 소중한 순간은 앞으로도 분명 찾아올 것임을 알기에, 나는 오늘도 최선을 다한다. 그때까지 꼭 살아남아야 한다.

마냥 좋기만 했던 여행이
내 인생을
무너뜨리고 있었다

서른두 살의 지리 교사. 방학이면 배낭을 메고 무작정 떠났다. 처음엔 버스 번호까지 꼼꼼히 알아보고 갔는데 이제는 비행기 표만 끊어놓고 홀쩍 떠난다. 다녀온 나라가 40개국 정도 되려나? 처음 몇 군데를 다녀와서는 하나하나 셈하는 재미가 있었는데, 어느 순간부터는 무덤덤해졌다. 남자들이라면 한 번쯤은 빠져봤을 게임도, 당구도 몇 차례 시도해보다가 이내 그만뒀다. 술은 가끔 마시지만 담배는 피우지 않는다. 이렇게 모아둔 나의 에너지를 불쑥 등장한 여행이라는 존재에 모두 쏟아부었다. 해가 갈수록, 경험이 쌓일수록 여행의 중독성에 영향을 미치는 요인은 바뀌었고 또 다양해졌다. 그리고 더 대담해지고 더 무모해져 갔다.

페리토 모레노 빙하처럼 내 자아가 거대해졌다. 그러나 어느 순간 그 빙하처럼 내 자아도 무너지고 있었다.

만 서른 살의 생일날. 마지막 남은 대륙 남미 여행을 마치고 돌아왔을 때, 그동안의 여행이 나를 얼마나 망쳐놓았는지 뼈저리게 느꼈다. 불과 한 달 전에 '끝내주는 인생을 살았구나' 하고 자부했다. 그런데 이제 '여행이 내 인생을 송두리째 망쳐놓았구나'라는 생각에 괴로워하고 있었다. 도대체 왜? 그토록 찬양하던 여행이 날 망가뜨린 여행이 되어버린 이유가 무엇일까?

1. 세상이 만만해졌다.

세상이 쉬워졌고 만만해졌다. 처음 혼자 호주로 떠나기 전에는 여행에 대한 두려움 때문에 공항에서 지금이라도 포기하고 집으로 돌아갈까 진지하게 고민했었는데, 지금은 아프리카 한가운데 나를 떨어뜨려놓아도 보란 듯이 살아서 돌아올 수 있을 거라는 자신감이 생겼다. 혼자서 미국을 횡단하고 아프리카를 여행했으며 남미까지 정복하고 오니 "세상에 안 되는 게 어디 있나?"라는 말을 입에 달고 살게 되었다. 불과 몇 년 전 나를 두려움에 떨게 했던 일들이 이젠 대수롭지 않은 일들이 되었고, 웬만한 일은 가볍게 무시할 정도로 세상이 만만해져버렸다. 그곳이 어디든 대중교통이 불편하면 렌터카부터 예약하고, 치안이 나쁘다고 소문난 곳에선 도대체 어느 정도인지 궁금해 위험한 곳을 찾아다녔다. 겁은 조금 나지만 어차피 죽진 않을 거라고 생각해서다. 그러다 보니 어

나미비아 데드블레이의 현실과 이상의 헷갈림이 내 삶의 영역까지 침범하고 있었다.

느 순간부터는 죽는 것 또한 두렵지 않았다. 빌어먹을! 이 귀한 목
숨을.

2. 끊임없이 새로움을 갈구한다.

낯익은 것은 나를 자극하지 못했다. 하지만 새로운 것은 그것
이 무게조차 없는 공기라 할지라도 나를 움직이게 했다. '여긴
푼타아레나스의 공기.' '이건 빈트후크의 공기.' 이것만으로 나는
충분히 흥분되었다. 코와 입으로 들이마시는 공기를 통해 살아

치타 옆에 건방진 자세로 앉아 있는 내 모습. 누군가의 눈에는 내 일상도 그렇게 비쳤을 것이다.

갈 동기를 얻는 일은 특별했지만 이상한 것이고, 환상적이었지만 환장할 노릇이기도 하다. 혹여나 내게 익숙한 것이 나타나면 금세 흥미를 잃어버렸으니까. 그렇게 계속해서 새로움을 쫓다 보니 선택의 폭은 점점 더 좁아지고 점점 더 위험해졌다. 그렇다고 그만두냐고? 아니, 전혀 문제는 없다. 왜냐하면 세상이 이미 만만해졌으니까. 어차피 죽진 않는다는 걸 알았기 때문에.

3. 아쉬움과 미련이 없어졌다.

여행에서는 지나간 일에 절대 미련을 갖지 말아야 한다. 잃어버린 돈, 부서져버린 카메라, 떠나버린 열차는 아무리 간절히 원해도 돌아오지 않는다. 포기가 빠를수록 다음을 준비할 여유가 생긴다는 걸 알고 나서, 잃어버리고 부서진 것에 아쉬움과 미련을 갖지 않게 되었다. 누군가가 불쑥 떠나버려도 아쉽지가 않았다. 아니, 솔직히 아쉽긴 한데 이겨낼 힘이 생겼다. 그 사람과의 행복했던 시간만 추억으로 간직하고 미련은 남기지 않는 법을 터득했고, 아쉬움은 내 삶을 갉아먹을 뿐이라고 생각했다. 그리고 떠나간 자리엔 새로운 사람이 올 것이므로 사람도, 물건도 어느 것 하나 아쉽지 않았다. 그렇게 떠나보낸 사람이 도대체 얼마나 되는 걸까?

4. 팽창된 자아가 그릇을 깨버렸다.

세상이 만만해지고, 언제든 새로운 것을 받아들일 수 있는 마음을 가지고, 떠나간 것에 대해서는 아쉬움을 느끼지 않게 되자 내가 부쩍 성장했다고 생각했다. 성장의 기쁨은 학창 시절에나 느끼는 거라 생각했는데, 스무 살에도 서른 살에도 그 기쁨을 느낄 수 있다니. 그렇다면 이 기쁨은 죽기 전까지도 느낄 수 있겠다는 데 생각이 미치자 자아가 팽창하여 폭발 직전이라는 다급한 신호를 보낸다. 걷잡을 수 없을 정도로, 제어가 불가능할 정도로 커진 자아가 그동안의 소중한 추억들마저 모두 집어삼킬까 봐 두려웠다. 새로운 자아를 발견하고 자아가 성장할 수 있음에 여행을 예찬했는데, 이러다 타고난 내 그릇을 깨뜨리지는 않을 지, 죽음조차 두렵지 않았던 내가 나 스스로를 두려워하게 되었 다. 자신감 넘치는 내 행동이 누군가의 눈에는 과도한 자만심으로 보이고, 여유로운 내 행동이 누군가에게는 철없는 행동으로 비칠 수 있다. 누군가 멀어진다면 또 다른 누군가가 다가올 것이라 스스로 위안했고, 간행물 등에 원고를 투고해 돈을 벌다 보니 돈 몇 푼이 아쉽지 않았다. 3인칭 시점으로 살아왔던 인생을 1인 칭 시점으로 살면서 나의 생각에만 귀 기울이다 보니 무언가를 놓치고 있었다. 결국은 내 자아가 얼마나 더 부풀어 오를지에 대한 기대와 설렘보다, 내 본모습인 그릇이 깨져버릴 수 있다는 위기감이 들었다. 뭔가를 발견하고 얻어가는 여행이 아니라 내 인생의 모든 것을 앗아가는 여행이 된 건 아닐까. 어쩌면 내가 모르는 사이에 꽤 많은 것들을 잃고 빼앗겼을지도 모른다. 무엇을 그만두고 무엇을 새롭게 시작해야 할지 고민하던 찰나에 스스로에게 물었다. '그래서 여행을 그만둘 것인가?' 장고 끝에 나는 나에게 대답했다. '아니. 망쳐놓았으니 다시 제자리로 돌려놔야지. 팽창한 자아가 금이 간 그릇을 깨뜨리지 않도록, 더 밀도 높은 자아를 만들고 더 단단한 그릇을 만드는 여행을 떠날 거야.'

이젠 잃어버린 것들을 찾는 여행을 시작할 시간이다. 마흔 살에 '이제 다 되돌려놓았구나'라는 기록을 어딘가에 남기게 되길 바라며, 나의 찬란한 20대 인생을 회고한다.

우유니 사막 이후 너무 많은 것들이 시시해졌다. 낯선 것을 사랑하던 나에게 권태기가 찾아온 것일까.

자아의 발견과 팽창 '빌어먹을! 여행이 내 인생을 망쳤다!'

그럼에도 멈추지 않는 발걸음,
또다시 길을 나선다

'선생님, 씨게 한번 가시죠?'
세계 떠난 세계일주

불과 6개월 만에 '두 번째' 여름을 맞이했다. 연초에 남미에서 뜨거운 여름을 보내고 왔던 터라 한국의 겨울을 건너뛰고 봄을 맞았고, 곧 그리 반갑지 않은 여름을 마주해야 했다. 이즈음이 학생들도 나도 육체적으로나 정신적으로 한계에 부딪히는 시기다. 학생들은 대학생활에 대한 기대로, 나는 다가올 겨울방학에 대한 기대로 꾸역꾸역 버텼다. 우리가 할 수 있는 건 버티는 것 외엔 없었다.

서점에 가서 책장에 꽂힌 책들을 살펴보니 참 많은 사람들이 세계를 일주했다. 나도 그들만큼의 용기는 있는 것 같은데 시간이 없다. 그래도 떠나고는 싶었다. 지구 한 바퀴를. 인터넷으로 세계 백지도白地圖를 찾아 B4 용지에 큼지막하게 인쇄했다. 거기

배낭을 메고 제자들과 여행하는 것이야말로 내가 가진 최고의 특권이다.

에 동쪽으로 동쪽으로 점을 하나하나 찍으며 이동하니 처음 그 자리로 돌아왔다. '그래! 이거다. 한번 해보자!' 그렇게 올겨울엔 한 달 동안 지구 한 바퀴를 돌기로 결정했다.

멕시코. 중학교에서 근무하던 시절 앞자리에 앉은 선생님이 한 달에 한 번 정도는 멕시코 여행의 추억을 털어놓으셨다. 그 이야길 자꾸 듣자니 지루하거나 식상하기보다는 가보고 싶은 마음이 점점 커졌다. '도대체 어떤 곳인지 직접 가서 확인해보자' 했던 곳이 멕시코였다. 그렇게 첫 번째 목적지로 찍었다. 가만 보니 가는 길에 미국을 잠시 들러도 될 것 같았다. 6년 전 로스앤젤레스에서 나를 극진히 대접해준 두 사람에게 덕분에 더 큰 사람이 되었다고 감사의 인사도 전할 겸. 멕시코 위쪽으로 점 하나를 더 찍은 다음, 이번에는 동쪽으로 시선을 돌렸다.

쿠바. 누구나 한 번쯤은 가보고 싶어 하는 곳. 내게도 쿠바는 그런 곳이었다. 인터넷이 잘 안 되고, 정보도 많지 않고, 사회주의 국가의 색깔을 제법 근사하게 포장해놓은 쿠바로 가는 일은 내가 더 이상 미룰 필요도 주저할 이유도 없었다. 하지만 이곳은 점을 찍지 않고 동그란 원으로 국경을 감쌌다. 한 도시가 아닌 나라 전체를 둘러볼 셈이었다.

프랑스. 8년 전에는 그곳이 너무나 싫었다. 여행을 하며 파리에 대한 이미지가 낭만에서 무질서로, 아름다움보단 불결함으로 순식간에 바뀌어버렸었다. 기대가 너무 큰 탓도 있었지만, 그 당시에 파리는 내게 도망치고 싶고 기억에서 지워버리고 싶은 끔찍한 곳이었다. 그런 곳이 지금 부쩍 성장한 내가 다시 갔을 때 어떤 모습으로 변해 있을지 궁금했다. 아니, 정확히 말하자면 그곳은 변하지 않았겠지만 그동안 내가 얼마나 변했는지 확인할 수 있는 곳일 것이다. '그래. 감당할 수 없을 정도로 커져버린 내 자아가 이제는 이곳을 감당할 수 있는지 어디 한번 부딪쳐보자.'

이집트. 특별히 언급할 만한 것은 없다. 그저 피라미드가 얼마나 큰지 내 눈으로 확인하고 싶은 게 전부였다. 유구한 역사를 가진 나라이건만 여행자로서 내 지식은 턱없이 얕아, 점 대신 하트를 그려 미안함을 대신했다.

쿠바에서의 마지막 날. 말레콘비치에 앉아 10년 후 우리의 모습을 상상했다.

쿠바 트리니다드 골목 안에서 놀고 있던 아이들과 함께.

아랍에미리트. 오직 아시안컵 결승전이 목적이었다. 우리 대표팀이 그곳까지 올라갈 거라 확신했다. 그 확신은 도대체 무슨 자신감에서 나온 것인지, 이쯤이면 심각하게 고민해볼 필요가 있다.

요르단. 페트라와 사해 그리고 와디럼으로 유명한 그곳. 이곳 하나를 여행하려고 먼 길을 날아가긴 아쉽고, 그렇다고 그냥 건너뛰기엔 매력이 넘치는 그곳. 아랍에미리트에서 얼마 걸리지도 않으니 잠시 들렀다 가기로 하고 마지막 점을 찍었다.

점, 동그라미, 다시 점, 그리고 눈치 없이 그려진 하트와 근접한 두 개의 점을 잇고 마지막으로 한국까지 그으니 끊김 없이 가로로 쭉 이어졌다. 비록 올곧은 직선은 아니었지만, 이 정도면 해볼 만하다고 생각했다. '자, 올겨울은 지구 한 바퀴다!' 그렇게 종이 위에 그려진 검은 선이 겨울방학 때 내가 바람처럼 날아갈 항로였다.

"선생님, 올해는 어디 안 가십니까?" 학생도, 학부모님도, 친구들도, 이제는 우리 부모님마저 나뭇잎이 옷을 갈아입을 때쯤 그렇게 묻는다. "올해는 지구 한 바퀴 돌 겁니다"라고 대답하면 "도대체 너란 인간은?" 하고 그러려니 수긍하는 사람도 있었지만, '무슨 지구 한 바퀴 도는 일이 동네 한 바퀴 도는 일인 줄 아나?' 하는 눈빛으로 나를 흘겨보는 사람이 대부분이었다. 의심은 행동으로 증명하면 그만이므로 굳이 해명하거나 개의치 않았다.

"선생님, 올해 겨울엔 어디 안 가십니까?" 그동안 나와 함께 여행을 하고 싶어 했던 제자가 물었다.

"왜? 같이 갈래?"

"선생님이 좋다면 저는 당연히 가고 싶죠."

"지구 한 바퀴 돌 건데 그건 어려울 테고 미국, 멕시코, 쿠바, 프랑스, 이집트, 아랍에미리트, 요르단 중에 네가 원하는 곳이 있으면 그쪽으로 합류해라."

"선생님, 진짜 같이 가도 됩니까?"

"그럼 가짜 같이 갈까?"

"이러지 마시죠, 선생님."

"아무튼 난 오케이. 마음의 준비가 되거든 연락해."

모히토 가서 쿠바 한잔하자는 우리의 계획은 결국 이루어졌다.

며칠 뒤 그 제자로부터 연락이 왔다.

"선생님, 씨게 한번 가시죠."

"맞춤법 좀 맞춰줄래?"

"아니요, 선생님. 그거 맞습니다. 경상도식으로 씨게 한번 가시죠."

"어딜?"

"쿠바요."

그렇게 제자와 함께 멕시코와 쿠바로 떠나게 되었다. 그곳에서 우리는 상상도 못했던 엄청난 일을 겪게 된다. 그것도 아주 씨게.

멕시코 피라미드 위의 아이돌들
'SM, JYP 대신 DH 어때?'

Teotihuacan

테오티우아칸(멕시코)
아메리카 대륙에서 가장 큰 피라미드 유적.
고산지대에 들어선 테오티우아칸은 문명과
단절된 채 그 웅장함을 간직하고 있다.

"선생님, 지난번하고 많이 다르시네요."

멕시코시티에서 테오티우아칸으로 가는 버스에서 동현이가
물었다.

"왜 인마, 뭐가?"

"어떻게 이렇게 준비를 안 하고 오세요?"

"잘 가고 있잖아? 준비해서 뭐 하노?"

솔직히 이번 세계일주 여행은 내 10년의 여행 역사 중 가장 준
비가 덜 된, 아니 안 된 여행이었다. 나의 이 자만이 동행자들을
불안하게 만들 수 있다는 것을 뒤늦게라도 알게 되었으니, 앞으
로 누군가와 함께하는 여행에서는 다른 사람을 배려해야겠다는
생각을 해본다.

물론 아무런 준비도 안 한 건 아니다. 평소 새벽 운동 겸 숙소 주변을 돌며 그날 둘러볼 곳을 사전에 점검한다. 처음에는 새벽같이 길을 나서는 담임의 모습을 본 제자들이 적잖은 충격을 받은 듯했지만, 어느 순간 아침에 일어나서 내가 없으면 어디 나갔으려니 하고 자연스럽게 받아들이게 되었다. 어찌되었건 그 흔한 유명 관광지도 조사하지 않고 그날 아침의 컨디션에 따라 언제 어디서 무얼 할지 정하다 보니, 충동적이라는 생각이 들기도 한다.

테오티우아칸 입구. 앞으로 우리에게 벌어질 일은 상상조차 못했다.

그날 버스터미널까지 찾아가는 방법을 몰라 택시를 타고, 버스 티켓을 판매하는 곳을 몰라 한참을 헤맸으며, 버스 탑승 게이트를 몰라 쫓겨나기를 반복했다. 보다 못한 제자들이 어렵게 용기를 내어 물었다.

"근데 선생님, 불안하지 않으세요?"

"불안하지. 근데 조사해와도 불안한 건 마찬가지다."

대수롭지 않게 넘겼지만, 만약 지구 반대편에서는 믿음직스러웠던 선생님이 이런 모습을 보여줬다면, 아마 나는 더 독한 질문을 던졌을 것이다.

굳이 하지 않아도 될 불안한 도전을 해가며 멕시코의 피라미드 테오티우아칸에 도착했는데, 그곳에서 이상한 일이 벌어졌다. 정상 부근에서 배회하는 우리에게 주변의 시선이 집중되는 것이 느껴졌다.

"왜 우릴 쳐다보지?"

"선생님, 애네들도 우리 무시하고 그래요?"

"글쎄? 어른부터 아이까지 다 쳐다보는 걸 보니 다른 이유 때문인 거 같은데?"

피라미드 정상을 한 바퀴 돌았을 때쯤 드디어 의문이 풀렸다. 멕시코인으로 보이는 청년이 쭈뼛쭈뼛 다가오더니 우리에게 말을 건넸다.

"저기… 제 여자친구랑 사진 한 장만 찍어주세요."

자신의 여자친구와 사진을 찍어달라니? 우리나라 같았으면 정상에서 내려가기도 전에 이별을 맞이했을지도 모른다. 일단 찍어주자는 생각에 흔쾌히 승낙했더니, 우리를 주시하던 많은 사람들이 기다렸다는 듯 사진을 찍자고 요청했다.

"우리 딸아이와 한 장만 찍어주세요."

"우리 가족과 사진 한 장만 찍어요."

여기저기서 쏟아지는 요청에 몸 둘 바를 모르면서도 은근히 이 상황을 즐겼다. 지나가던 호주 관광객까지 우리에게 관심을 보였다.

"너희 한국에서 연예인이야?"

"아니, 우린 그냥 평범한 사람들이야."

"근데 왜 사람들이 사진을 찍자는 거야?"

"글쎄, 우리도 이유를 모르겠어."

"그래도 모르니까 우리 일단 사진 한 장 찍자."

그렇게 국적을 가리지 않고 쏟아지는 사진 요청을 다 받아주고 나서 다시 길을 나섰다.

"선생님, 진짜 웃기네요. 이게 여행의 재미예요?"

"나도 이런 경우는 처음이라… 근데 재미있긴 하다. 우리가 언제 이런 대접 받아보겠나?"

쭈뼛쭈뼛 서성이다 용기 내어 사진을 찍어달라고 한 소녀와 함께.

피라미드에서 내려와서도 우리의 인기는 식지 않았다.

한국에서 온 가짜 아이돌.

"우리 굳이 한국 돌아갈 필요 있어요? 여기서 사진 찍어주면서 한 장에 10페소씩(우리 돈 600원) 받을까요?"

"헛소리 그만하고 빨리 가자."

지금 생각해보면 중남미에서 한국 아이돌이 워낙 인기가 많아서 생긴 일이었을 것이다. 싱크로율은 낮지만 멀찍이 떨어져서 보면 그럭저럭 비슷하게 생겨서 시선을 끌었던 게 아니었을까. 그때 그 녀석들이 한국에 돌아가지 말자고 했을 때, 진짜 그렇게 했더라면 어땠을까 상상해본다. 지금쯤 멕시코의 JYP, SM이 되어 있으려나 하는 터무니없는 생각. 불완전한 여행의 시작이 완전한 만족이 되기까지의 시간들. 보는 것에 급급하지 않고 매 순간을 즐기고, 얻으려 하기보다 내려놓으라는 나의 여행 철칙을 제자들이 자연스레 체득하는 시간이 아니었을까?

모든 것이 끝나기 직전,
모든 것이 끝날 수 있다

바라데로, 트리니다드, 그리고 아바나로 이어지는 제자들과의
쿠바 여행은 순탄하게 진행되었다. 바라데로에서 마사지를 잘못
받는 바람에 하루 정도 몸살 기운이 있었던 것 빼고는 아픈 곳
도, 힘든 것도 없었다. 첫 일정은 바라데로였다. 생전 처음 이용
한 올인클루시브^{all inclusive} 리조트에 흠뻑 빠져 흘러가는 시간이
야속할 정도였다. 스노클링을 처음 해본 우리는 바닷속 세상에
열광했고, 수심 22미터의 동굴 수영장에서는 바닥으로 빨려 들
어갈 것 같은 공포에 체면 따위는 집어던지고 재빨리 출발선으
로 되돌아오기도 했다. 쿠바 속의 쿠바, 트리니다드에서는 살사
댄스 클래스에 등록해 강사들과 유쾌한 시간을 보냈으며, 우리
돈 1만 원도 안 되는 착한 가격 덕에 몇 년치 먹을 랍스타를 단

해 질 녘의 말레콘비치는 세상의 어떤 불행도 감내할 수 있는 힘을 불어넣어주었다.

4일 만에 모조리 해치웠다. 그리고 우리의 마지막 여정 아바나. 머리가 아프면 진통제를 먹어가면서까지 낮에는 뜨거운 아바나를, 일몰쯤엔 붉게 물들어가는 말레콘비치에 취해 넋을 잃은 채 시간을 보냈다.

대망의 마지막 날. 운 좋게 피해 다녔던 비구름이 드디어 우릴 찾아왔다. 아침부터 내 피부만큼이나 그을린 하늘이 오후가 되자 시원한 장대비를 쏟아부었다.

"애들아, 그래도 정말 다행이다. 우리가 할 건 다 하고 비를 맞아서."

"맞아요. 올드카 투어 하다가 비 맞을 생각 하니 끔찍하네요."

그때까지만 해도 우리는 운이 좋다고 여겼다. 이 흐린 날씨가 드리울 끔찍한 하루를 상상도 하지 못했다. 비를 피해가며 쇼핑을 마친 우리는 '부에나비스타 소셜 클럽' 공연을 기다리다 다시 한 번 공연 예약을 확인하기 위해 나시오날 호텔에 전화를 걸었다.

"오늘 저녁 공연을 예약한 팍입니다. 예정된 시간에 그곳으로 가면 되죠?"

"전화를 줘서 정말 다행입니다. 오늘 공연은 취소되었어요. 이쪽으로 오셔도 소용없어요."

이런 젠장. 이번 여행의 하이라이트로 남겨둔 공연이 두 시간

전에 취소되다니. 공연장 근처 레스토랑에 준비해둔 제자들을 위한 최후의 만찬도 갈 이유가 없어졌다.

"어쩌겠노. 이게 여행이다. 다시 마지막 밤을 보낼 계획을 세우자."

"선생님, 저흰 괜찮습니다. 저녁 드시러 가시죠."

결국 우리는 며칠 전부터 감기를 시름시름 앓고 있던 동현이를 위해 숙소 앞 호텔에서 쿠바에서의 마지막 만찬을 즐기기로 했다.

"다들 고생했다. 그리고 고맙다. 선생님은 너희 덕분에 평생 잊을 수 없는 좋은 추억을 만들었다."

"저희가 감사하죠. 선생님 덕분에 이렇게 여행도 하고."

"맞습니다. 그리고 선생님 준비 하나도 안 하신 것치곤 너무 순탄한 여행 아니었습니까?"

"하하, 나도 놀랍네. 다 너희들 덕분이다. 이렇게 문제없이 여행을 마무리하는 것도 쉽지 않다."

칵테일 잔을 부딪치며 지나온 시간과 앞으로 맞이할 시간에 대해 꽤 깊이 있는 대화를 나누었다.

"그래도 오늘 마지막 밤인데 다운타운 가서 모히토나 한잔 더 하자."

"선생님, 영웅이 형이랑 다녀오시면 안 될까요? 저는 좀 쉬어

길거리에 즐비한 올드카. 택시와 사기꾼의 자동차를 분간하기가 어렵다.

야 할 것 같습니다."

　감기로 고생하는 동현이를 남겨두고 가는 게 찝찝하긴 했지만, 마지막 밤을 불태우기 위해 영웅이와 함께 호텔 앞 택시 승강장으로 갔다.

　"그 많던 택시가 다 어디 갔노?"

　"그러게요. 큰 도로로 나가서 택시 잡으시죠."

　대로로 나가 택시를 잡으려고 손을 흔드는데, 때깔 좋은 올드카 한 대가 우리 앞에 멈춰 섰다. 우리는 운전사 옆 조수석에 타고 있는 사람과 흥정한 뒤 택시에 올라탔다. 그때 알았어야 했다. 택시 조수석에 사람이 타고 있는 건 말도 안 되는 일이란 걸.

말레콘비치를 가로질러 다운타운으로 향하던 우리는 지도를 보기 위해 휴대전화를 켰는데, 조수석에 앉은 의문의 남자가 운전에 방해가 된다며 소리를 지르는 바람에 기죽은 채 휴대전화를 껐다. 얼마 지나지 않아 운전사가 도착했음을 알렸지만 그곳은 우리의 목적지가 아니었다. 그래도 걸어서 갈 수 있는 거리였기에 택시비를 지불하고 내리려는데 조수석의 남자가 소리쳤다.

"돈을 잘못 줬어. 더 줘."

무슨 소리인지 이해가 되지 않았지만, 의심하지 않고 다시 지폐를 건네자 또다시 우릴 불러 세웠다. 우리가 가진 작은 단위의 돈은 그게 전부였기에 지갑을 열어 돈을 확인하려는 찰나, 그 남자가 내 지갑에 있는 150CUC(한화 약 20만 원)을 낚아챈 뒤 컴컴한 바닥으로 떨어뜨렸다. '아! 이건 그 수법이다. 아르헨티나에서 사기당한!' 그제야 상황을 파악하고 영웅이에게 떨어진 돈을 주우라고 소리쳤지만 150CUC은 이미 2CUC으로 변한 뒤였다.

"장난쳐? 택시비를 내라고. 이 돈을 주면 어떡하자는 거야?"

망했다. 다 망했다. 술값은 물론 내일 공항으로 갈 돈마저 빼앗기고 말았다. 우리가 아무리 애원해봤자 소용없다는 걸 알았지만 쉽사리 포기할 순 없었다. 자칫하다 공항으로 갈 돈을 구걸하게 생겼으니. 신고를 하겠다며 택시 번호판을 찍으려 하자 벼락같은 목소리로 화를 내며 우리 둘 목숨 따윈 앗아갈 수 있다는 듯이 달려들었다. 빌어먹을. 여기서 우리의 선택지는 조용히 뒤돌아 그들에게서 멀어지는 것 말곤 없었다. 숙소로 돌아갈 택시비만 건진 채 영웅이와 아무 말 없이 시끌벅적한 아바나의 다운타운을 거닐었다.

"그냥 가자. 더 비참하다."

"네, 선생님. 죄송합니다."

"됐다, 좋은 경험했다 치자. 어차피 내일 아침이면 웃으면서 이야기할 수 있는 일이다."

말은 이렇게 했지만, 당장이라도 그 개자식을 찾아내 패주고 싶은 심정이었다. 어렵게 택시를 잡고 화려한 말레콘비치를 가로질러 숙소로 향했다.

"영웅아, 내가 지금 이 순간에도 정말 화가 나는 건, 말레콘비치 야경이 너무 아름답다는 거다."

"휴, 그러네요."

20만 원짜리 에피소드에 좋아해야 할지, 화내야 할지 모를 아바나에서의 끔찍한 마지막 밤은 그렇게 지나갔다.

제자들은 한국으로, 나는 프랑스로 떠나야 할 마지막 날 아침이 밝았다.

대화가 통하는 택시기사를 만나는 게 얼마나 큰 행운인지를 쿠바를 떠나기 직전에야 알았다.

그럼에도 불구하고 우리가 만난 쿠바는 모든 것을 녹여버릴 만큼 뜨거웠다.

"야, 축구 몇 대 몇이고?"

"카타르한테 0:1로 졌습니다."

"아, 미치겠다, 정말."

어느 누구도 대한민국의 결승행을 확신하지 않았건만, 나는 오직 감으로 결승행을 점치며 아랍에미리트 아부다비행 비행기와 결승전 티켓을 예약해둔 터였다. 정말이지 어제부터 더럽게 일이 꼬이고 있었다.

"'이게 여행이요, 이게 인생이다.' 선생님이 하신 말씀 아닙니까?"

"니 죽고 싶나?"

제자의 농담에 금세 기분이 풀렸고, 있는 그대로를 받아들이기로 했다.

"그나저나 앞으로 사흘 동안 아바나에 비 예보가 있네."

"어제 그 150CUC으로 여태 좋았던 아바나 날씨를 산 거라고 생각하면 어때요?"

"그래, 그렇게 통치자. 오히려 그 돈으로 날 좋은 아바나를 구경했으니 거저 얻은 거네."

하늘이 무너졌다.
영웅이 나타나
솟아날 구멍을 만들었다!

Cairo

편도 4차선 도로를 자기들끼리 6차선으로 달리는 나라, 왕복 8차선 도로에 무단횡단은 기본이고 차도 사람도 멈춰 서지 않는 나라, 무단횡단을 멋지게 해내면 경찰이 엄지를 치켜세우는 나라, 새치기 때문에 줄 서서 기다리는 게 무색한 나라, 자동차 방향지시등이 필수가 아닌 선택사항이라면 누구도 선택하지 않을 나라, 사이드미러는 액세서리일 뿐 앞만 보고 달리는 나라. 이곳이 바로 이집트다.

이번 여행의 시작이었던 로스앤젤레스에서 만난 택시기사는 이집트 사람이었다. 그가 이집트에 대해 했던 말 중 가장 기억에 남는 것은 맛있는 케밥 집도, 유명한 관광지도 아닌 "그 사람이 경찰이라 하더라도 이집트인은 믿지 말라"였다. 모두가 서로 속

4차선 도로를 이집트인들은 6차선으로 알뜰하게 사용한다. 이들에게 차선은 어떤 의미일까?

고 속인다는 살벌한 곳에서 내가 살아남을 수 있을지 걱정스럽
긴 했지만, 나도 잔꾀 하나는 더하면 더했지 덜하진 않다고 믿으
며 애써 걱정을 지워버렸다.

튀니지를 경유해 이집트에 도착했을 때, 호텔에서 보낸 운전
기사가 내가 머물 호텔 이름을 들고 입국장 밖에 서 있었다.

"유사한 호텔 이름에 절대 속지 마세요. 그리고 우리 호텔 이
름이라도 꼭 본인의 이름을 확인하고, 절대 먼저 여권을 보여주
지 마세요." 이집트 도착 전 호텔에서 받은 이메일 덕에 이곳이
얼마나 지독한 곳인지 이미 알아봤다. 조금 긴장한 채로 호텔 이
름을 들고 있는 사람에게 다가가 조심스레 물었다.

"내 이름 확인해줘."

"이름이 어디 있니? 너 이 호텔 투숙자야? 그럼 가자."

"뭘 가? 꺼져!"

한국말과 영어를 섞어 욕설을 날렸다. 이런 곳에선 거칠게 굴어야 얕잡아보지 않는다. 그도 가운뎃손가락을 치켜세우며 알아듣지 못할 그들의 언어로 나를 공격했다. "개새끼!" 내가 무심코 던진 말에 한국 욕을 아는 몇몇 이집트인이 미친 듯이 웃으며 그 기사에게 뭐라 설명했다. 더욱 흥분한 그는 나를 더 몰아세웠지만, 들은 체도 하지 않고 내가 찾을 곳을 향해 발걸음을 옮겼다.

처음부터 만만치 않다. 고작 공항 빠져나오는 데 진이 다 빠질 정도라니. 어렵게 숙소에 도착해서 방 커튼을 젖히자 눈앞에 나타난 풍경이 그동안의 고생을 다 보상해주는 것 같았다. 그래도 앞으로 남은 일정은 더욱 단단히 마음먹고 진행해야겠다고 생각했다. '여긴 조금 덜 즐기고 가는 것이 실패가 아니라, 죽어서 돌아가는 것이 실패다.'

이튿날 끝내주는 피라미드 뷰를 배경 삼아 아침을 먹고 나니 차라리 여기에 죽치고 앉아 남은 일정을 다 보낼까 고민이 들기도 했다. 하지만 나는 그동안 숱한 위기를 극복하고 성장한 여행가가 아닌가? 카이로에서 제법 볼만하다는 네 곳을 지도에 표시하고 숙소를 나섰다. "어이, 친구! 어디 가?" 호텔 프런트 직원이 나를 불러 세웠다.

"박물관 갔다가 시장으로 갈 거야. 오후엔 동굴교회를 갈 거고 시타델에서 야경을 볼 생각이야."

"쉽지 않겠는데. 이것만 명심해. 동굴교회로 올라가는 길은 절대 걸어가지 마. 릭샤(오토바이로 된 이동수단)를 이용하든지 택시를 타. 무조건 명심해."

"그렇게 위험한 곳이야?"

"카이로에서 가장 가난한 사람들이 사는 동네야."

그가 명심 또 명심하라며 그렇게 강조했건만, 나는 500미터쯤 남았을 때 우버 택시 기사에게 내려달라고 했다.

"여기서 내린다고?"

"얼마 안 남았으니 걸어가려고."

고개를 절레절레 흔드는 기사의 모습을 나는 '여긴 정말 위험한데'가 아닌 '중간에 내려서 수입이 적어졌군'으로 해석했다. 이것이 심각한 오판이었음을 불과 3분도 지나지 않아서 깨달았다.

눈앞에 이상한 광경이 펼쳐졌다. 쓰레기 더미를 옮기는 어린 아이들, 그리고 그것을 하나하나 열어보며 무언가 찾고 있는 여자들, 그 모습을 바라보는 나를 향해 미소 짓는 남자들. 고양이인지 강아지인지 모를 죽은 동물 사체들이 길거리에 즐비했고 역한 냄새가 코를 찔렀지만, 혹시나 그들을 무시하는 행동으로 보일까 봐 차마 손으로 코를 막을 수조차 없었다. 웬만하면 돌아

앞으로 갈수록, 출발지로부터 멀어질수록 불길해졌다.
어서 이 미로를 빠져나가야 한다는 초조함에 심장이 미친 듯이 뛰었다.

가서 다시 택시를 잡겠지만 거리가 얼마 안 남았기에 뛰어서라도 가자며 걸음을 재촉했다. 사방에서 들려오는 "차이나" "웰컴" "니하오"가 나를 환영하는 소리인지 희롱하는 소리인지 알 수 없었다.

식은땀을 폭포수처럼 흘리며 동굴교회에 겨우 도착했는데, 그곳에서는 누군가의 장례식이 열리고 있었다. 수많은 사람들이 울고 있고, 제법 무섭기까지 한 음악이 흘러나오고 있었다. 두려움을 넘어 섬뜩하기까지 해서 미치고 환장할 노릇이었다. 이 상황에서는 오직 살아서 돌아가는 일만이 내게 남은 유일한 미션이다. '자, 집중 또 집중! 지금부터 앞만 보고 대로로 진격하자.

쓰레기 마을을 겨우 벗어나서 만난 동굴교회에서는 장례식이 진행 중이었다. 환장할 노릇이었다.

후퇴도 우회도 없다. 오직 전진이다!' 크게 숨을 내쉰 뒤 출발했다. 마치 전쟁터로 나서는 최후의 병사처럼. 역시 예상한 대로 환영인지 희롱인지 모를 소리가 이어졌다. 머리카락이 쭈뼛쭈뼛 위로 솟구치는 듯하고 등은 흥건히 젖었다.

그때 갑자기 체격이 그리 크지 않은 사내가 내 앞을 가로막으며 "웰컴"이라고 말했다. 애써 웃으며 그를 피하려고 했지만 그는 계속해서 내 앞을 가로막았다. 앞으로는 길이 안 보였다. 사방을 살펴보니 남은 길이라고는 내가 걸어온 길뿐이었다. 결국 뒤돌아서 가려 하자 그가 또다시 내 앞을 막아섰다. "웰컴 카이로!"

이건 절대 환영이 아니었다. 지갑에 있는 돈이든, 휴대전화든, 카메라든 뭐 하나는 넘겨주어야 비켜줄 듯했다. 하지만 무엇 하나 소중하지 않은 것이 없어 일단 내달리기로 했다. 나를 뒤쫓아오는 소리가 꽤 오랫동안 들렸고, 5분 정도 지나서야 뒤에 아무도 없다는 것을 확인했다. 대로에 다다르자마자 급하게 우버 택시 앱에 접속하려는데 이건 또 무슨 일인가. 먹통이다. 배터리도 거의 바닥이었다. 살 사람은 어떻게든 살아남지만 죽을 운명이라면 어떻게 해서든 죽겠구나 싶었다. 주변에 경찰이 있나 살펴봤지만 개미 한 마리 보이지 않는다. '그래, 영웅이. 조영웅!' 문득 떠오른 건 얼마 전 쿠바에서 헤어진 제자 영웅이었다. 여행 출발 전 혹시나 하는 마음에 영웅이에게 우버 사용법을 알려주었다.

급히 영웅이에게 연락했다. "웅아, 도와줘. 급하다." 다행히 바로 연락이 닿은 영웅이에게 상황 설명 대신 내가 위치한 곳으로 우버를 불러줄 것을 부탁했다. 학창 시절 공부와는 담을 쌓았던 녀석이지만 이런 건 민첩하게 척척 잘해낸다. 휴대전화 배터리가 5퍼센트 남았을 때 우버 택시가 내 앞에 도착했다. 그렇게 무사히 택시를 타고 호텔로 돌아왔다.

"영웅아, 정말 고맙다. 네 덕분에 무사히 호텔에 들어왔다. 친구들이랑 술 한잔해라. 선생님이 계좌로 돈 보내줄게."

거우 탈출에 성공해 돌아온 숙소. 피라미드 앞에서 맥주 한잔하니 '이것 또한 소중한 경험이다'라는 말이 나왔다.

스핑크스의 키스를 받더라도 이집트인들의 속임수를 두 번 다시 경험하고 싶진 않다.

"에이, 선생님, 뭐 이런 걸 가지고. 한국 오면 아나고에 소주 한 잔 사주세요."

방에 들어와 냉장고에서 맥주 한 캔을 꺼내 마시며 피라미드를 보니 살아 있음이 실감난다. 은인인 그 녀석의 인품에 다시 한 번 엄지를 치켜세운다. 교사 되길 참 잘했다. 이런 제자를 둔 것보다 더 큰 행운이 있겠는가?

2010년, 2019년
같은 장소, 같은 기분
파리로의 시간여행

여행이 뜻대로 되지 않는다는 걸 잘 알지만, 유독 이번 여행에선 계획이 많이 어긋나버렸다. 특히 파리에서 만나기로 한 친구와 일정이 엇갈려 결국 만나지 못한 건 너무도 아쉬웠다. 물론 순전히 그 친구를 보러 파리에 간 건 아니었지만, 특별한 곳에서 친구를 만난다는 것이 얼마나 멋진 일인지 잘 알고 있었기에 아쉬움이 더 컸다. 그렇다고 짧게나마 잡혀 있던 파리 일정을 망칠 수는 없었다. 포기는 최대한 빨라야 한다.

2박 3일의 파리 일정은 9년 전과 똑같았다. 대신 이번에는 지난번 낮에 다녀온 곳을 밤에, 밤에 다녀온 곳을 낮에 찾아가 조금 색다른 파리를 느껴보기로 했다.

새벽같이 파리에 도착한 나는 숙소 체크인을 기다리는 시간도 아까워 에펠탑으로 한걸음에 달려갔다. 저 멀리서 에펠탑이 조금씩 모습을 보여줄 때 발걸음이 빨라지는가 싶더니 어느새 뜀박질을 하고 있었다.

"정말 보고 싶었다. 그때 그 모습 그대로구나."

옛 친구를 만난 듯 에펠탑을 향해 말을 건넸다. 생각했던 것보다 훨씬 더 그리웠나 보다. 조금씩 에펠탑으로 다가서며 9년 전 사진 찍었던 위치를 되짚어보았다. 휴대전화 앨범 속 사진을 보며 회상에 잠기기도 했다. 9년 전의 나는 이렇게나 어려 보이는데 지금은 왜 그 모습이 없는지, 사진을 찍어주며 깔깔대던 내 친구들도 이곳을 여전히 그리워하고 있을지. 생각에 빠져 걷다 보니 어느새 에펠탑 바로 앞까지 도착했다. 너무 보고 싶었던 에펠탑. 하지만 예전처럼 더 가까이 갈 수는 없었다. 파리에서 테러가 발생한 뒤 에펠탑 주변엔 투명 바리케이드가 쳐졌다. '나는 9년 전보다 조금 더 자유로워졌는데 너는 자유를 빼앗겼구나.' 자유를 상징하는 프랑스답지 않은 모습이 실망스럽긴 했지만, 에펠탑마저 빼앗긴다면 자유가 무슨 소용이겠느냐며 갑갑해할 에펠탑을 측은한 마음으로 바라보았다.

'이번 여행은 시간여행으로 하자. 9년 전 그곳을 의식의 흐름에 따라 걸어가는 거야. 같은 길, 같은 기분으로.' 에펠탑과 마주한 후 나는 이번 여행 테마를 시간여행으로 정하고 똑같은 루트로 둘러보기로 했다.

날씨가 추워서인지 공연을 하는 사람은 없었지만, 해 질 무렵의 몽마르트르 언덕은 여전히 낭만적이었다. 계단에 걸터앉아 지도책을 펴놓고 심오한 표정을 짓던 내 모습이 눈앞에 보이는 듯하다. 피식 웃어 보이며 20대 초반의 나에게 만나서 반갑다며 인사를 해본다. 파리 시내가 한눈에 보이는 담장에 걸터앉았는데 떨어질까 봐 긴장이 된다. 그때의 난 아무렇지도 않았는데, 그사이에 겁쟁이라도 된 걸까? 과거의 나와 계속해서 마주치고 있노라니 웃음이 나기도 하고 뭉클해지기도 한다. 에펠탑을 보

몽마르트르 언덕 계단에 걸터앉아 신문을 읽는 척하던 9년 전 나의 모습이 보인다.

몽마르트르 언덕으로 가는 길에 마신 따뜻한 뱅쇼는 파리의 추위뿐만 아니라 그리운 마음마저 녹여주었다.

며 나누었던 그 인사를 웃고 있는 나에게도 한번 던져본다. '안녕! 오랜만이네. 넌 참 많이 변했구나. 9년 후에 이곳에서 너를 다시 바라볼 줄은 상상도 못했겠지?' 기분이 이상하다. 올라오는 길에 뱅쇼 두 잔을 마신 탓도 있겠지만, 과거의 나와 마주하는 일은 특별한 만큼 꽤 어색하기도 하다.

장소를 옮겨 개선문으로 향했다. 그리고 에펠탑까지 걸어갔던 그 길을 다시 걸어본다. 무엇이 변했는지 무엇이 그대로인지 분간은 되지 않지만, 분명한 건 그때의 나와 지금의 나는 엄청 행복하다는 것이다. 온갖 잡스러운 이야길 나누던 친구들은 없지만 마음만은 여전히 그 친구들과 함께하는 듯하다.

마지막 하이라이트인 콩코르드 광장. 나는 파리가 참 싫었다. 무질서하고 거리는 더럽기 짝이 없고, 심지어 온갖 위험이 도사리고 있었기 때문이다. 그걸 느낀 건 처음 파리에 도착하자마자 지하철을 탔을 때였다. 긴장한 탓에 화장실이 급해서 계획에도 없던 콩코르드역에 내렸다. 그런데 하늘은 무심하기도 하지, 파리 지하철역엔 화장실이 없다. 몸이 엄청나게 불편한 사람처럼 걸음을 옮겨 겨우 지상에 도착했지만, 주변에 있는 레스토랑에서는 모두 내가 화장실을 사용하는 것을 거부했다. 울고 싶었다. 겨우 유럽 여행 7일차인데, 같이 온 친구들도 있는데, 이게 무슨 일이람. 위기와 진정을 수차례 반복하다 겨우 공원 화

9년 전 화장실을 찾기 위해 다급히 뛰어 올라갔던 콩코르드 광장엔 비가 내리고 있었다.

장실을 찾아 50센트를 지불한 뒤 볼일을 볼 수 있었다.

그로부터 9년 후, 이번엔 다분히 계획적으로 콩코르드역에 내렸다. 그리고 같은 출구로 올라가는 길에 웃음을 참을 수 없었다. 비틀거리며 계단을 올라가는 내 모습이 눈앞에 그려졌기 때문이다. 그런 나를 뒤쫓아 올라가자 그때의 그 레스토랑인지는 모르겠으나 여전히 그곳에 자리 잡고 있는 식당들이 눈에 띄었다. 그곳을 차례로 들어갔다 다시 나오는 내 모습을 떠올려보니 갑자기 눈물이 주르륵 흘렀다. 비가 온 탓인지, 슬픈 음악을 듣고 있는 탓인지는 잘 모르겠지만 그때의 내가 꽤 안쓰러웠나 보다.

근처 공원으로 가보았다. 그 화장실은 없어진 모양이다. 하지만 그 길은 선명히 기억난다. 지금은 웃으며 이야기할 수 있지만 그때는 어찌나 아찔했던지! 우스운 추억인데 지금 왜 이렇게 바보같이 울고 있는 건지. 걸어오는 길에 비가 제법 많이 내렸지만

피하지는 않았다. 홀딱 비를 맞은 생쥐 꼴을 하고 다시 지하철에 올라 숙소로 가는 길. 9년 전의 나를 만나 더없이 행복했던 시간이었다. 9년 뒤에 18년 전 나의 모습과 9년 전 나의 모습을 같이 만나러 다시 오겠다고 결심했다. '너는 지금 모습 그대로 있어. 나는 조금 변해서 올 테니. 그래도 난 여전히 박동한일 거야.'

흠뻑 비를 맞은 채 다시 찾은 노트르담 성당은 그때 그 모습 그대로 여전히 아름다웠다.

이런 식의 여행은
이번 한 번으로 충분해!

요르단

붉은 꽃으로 피어나는 산 페트라와 세상
에서 가장 낮은 땅 사해를 품은 아라비아
반도의 진주 요르단. 인류의 역사를 간직
한 요르단에서 내 여행의 한 페이지를 마
무리하다.

감기를 앓을 땐 호텔의 안락한 침대보다 내 방의 오래된 침대가
사무치도록 그립다. 몸보다 마음이 편하고 싶어서일 것이다. 쿠
바를 떠나 사나흘 간격으로 나라를 옮겨 다닌 데다 날씨도 제각
각이라 체력이 바닥을 드러내기 시작했다. 감기약이 다 떨어져
제자들에게 받은 진통제 몇 알로 하루를 버텨야 했다.

프랑스, 이집트, 아랍에미리트에서의 일정을 마치고, 마지막
목적지인 요르단에 도착했다. 예약해둔 렌터카를 인수받으니
어느덧 해가 지구 반대편으로 슬슬 모습을 감추기 시작했다.
초행길을 110킬로미터 넘게 운전해야 해서 걱정이었지만, 늘
그랬듯이 '설마 죽기야 하겠나?'라며 스스로를 다독였다. 무사히
사해까지 도착하고 보니, 긴장한 탓인지 셔츠가 흠뻑 젖어 있었

아부다비 그랜드 모스크. 과격한 근본주의 무슬림도 이곳에서라면 달라지지 않을까.

다. 나는 녹초가 된 채 침대에 몸을 뉘였다. '아! 집에 가고 싶다.' 아마 처음이었을 거다. 여행을 하면서 집에 가고 싶다는 말을 한 건. 내 방의 그 오래된 침대가 너무나 그리웠다.

다음 날 아침에도 몸 상태는 전혀 나아지지 않아 절로 한숨이 나왔다. 사해를 눈앞에 두고도 물에 들어갈 수 없을 거라고 생각 해서다. 남은 여행을 날리다 못해 내 인생을 통째로 날리지 않으 려면 자중해야 했다. 까맣게 그을린 피부를 더 이상 태우지 않겠 다고 다짐에 다짐을 했건만, 잠시라도 몸을 녹일까 하는 마음에 햇볕을 받으며 테라스에 앉아 있으니 기분이 조금 괜찮아졌다. '빠져 죽어도 사해에 빠져 죽어야겠다.' 물론 사해는 염분이 많 아 그런 일은 절대 일어나지 않는다.

사해는 물을 무서워하는 나를 띄워주었다. 세상엔 불가능을 가능으로 만들어주는 보석 같은 곳이 많다.

나는 곧장 사해로 걸어갔다. '어차피 안 죽거든?' 혼자서 이 말을 되뇌고 나니 가라앉았던 기분이 한결 나아졌다. 평소 물을 무서워해서 하반신 이상을 물에 담근 것이 언제인지 가물가물했지만, 다리 힘을 빼고 고개를 뒤로 젖히니 신기하게도 몸이 바닷물에 뜬다. 분명 리조트의 그 침대보다 더 푹신했고, 내 방 침대보다 편안했다. 살 것 같았다. 물은 생각보다 차갑지 않았고, 내리쬐는 태양 볕은 이제 곧 귀국하니 미백은 집에 가서 하라며 있는 힘껏 나를 태우고 있었다.

한참을 그렇게 몸을 맡긴 채 시간을 보내니 체크아웃 시간이

다가왔다. 4년 가까이 쓰고 있는 내 휴대전화 배터리는 지금의 내 체력과 꼭 닮아 두 시간 이상 사용할 수 없었다. 배터리는 이미 30퍼센트나 힘을 뺀 상태였고 체크아웃 시간이라 충전하기도 어려웠다. 여기서 시간을 더 끌다간 페트라가 있는 와디무사까지 또 어두운 길을 운전해야 할 판이었기에 일단은 출발하기로 했다.

한 시간쯤 지났을까? 배터리 색깔이 빨갛게 변하며 점차 작별을 향해 가고 있었다. 앞으로 남은 거리는 200킬로미터. 한국에서도 이 거리를 그냥 찾아가라고 하면 못할 텐데 여기에서 겪게 되다니. '오! 신이시여. 저에게 왜 이런 시련을 주시나이까.' 드문드문 보이는 가정집에 들어가 충전 좀 하자고 할 수도 없고, 충전을 할 수 있는 상점을 찾기도 어려웠다.

그러나 내게는 여행을 통해 단련된 잔꾀와 돌발 상황에 대처하는 순발력이라는 무기가 있었다. 기막힌 방법이 떠올랐다. 가방에서 A4 용지와 볼펜을 꺼냈다. 계기판의 숫자를 먼저 적고 구글맵이 안내하는 거리와 우회전, 좌회전을 적어나갔다. 10만 1700킬로미터에서 우회전, 10만 1721킬로미터에서 좌회전, 10만 1723킬로미터에서 좌회전. 그렇게 종이에 숫자와 좌, 우를 적어놓고는 전방과 계기판 그리고 종이만 바라보며 목적지로 향했다.

예정 시간보다 조금 더 일찍 와디무사에 도착했다. '와! 진짜 나 미친 거 아냐?' 어안이 벙벙해졌다. 테이프를 되감듯 지나온 길을 떠올려보니, 정말이지 나란 인간은 보통이 아니라는 생각이 들었다. 세상에 죽으란 법은 없다는 진리를 일찌감치 터득했지만, 이러다간 정말 불로장생하는 거 아닌가 싶어 혼자 껄껄대며 웃었다. 다음 날도, 그다음 날도 아침에 일어나면 과연 효과가 있는 건지 알 수 없는 진통제를 입안에 털어 넣으며 한 달간의 여행을 마무리했다.

아우토반을 전속력으로 달리듯 역동적이며 짜릿했던 지구 한 바퀴의 여정이 끝났다. 도착 지점에 다다라서야 참아온 숨을 깊이 내쉬었다. '휴우!' 처음 속도가 붙을 때만 해도 적당한 스릴을 즐겼지만, 몇 번의 충돌 위험에서 급히 브레이크를 밟고 핸들을 꺾었더니 진이 쭉 빠진다. 이제야 두렵다. 그때 내가 부딪혀버렸다면 어떤 일이 벌어졌을지 상상만으로도 끔찍하다. 여행의 묘미는 도전에 있다고 생각하던 나였지만, 이딴 식의 도전이라면 두 번 다시는 하고 싶지 않을 정도로 정말로 끔찍했던 시간들이었다.

그렇다고 내가 걸어온 이 길을 후회하진 않는다. 위험한 도전을 압도할 만큼의 아름다운 사람들을 만났기 때문이다. 더는 속도 제한 없는 아우토반에서 나를 시험하지 않아도 될 것 같다.

계기판만 보며 페트라에 도착할 거란 생각은 꿈에도 하지 못했다. 그 후 계기판만 보면 페트라가 생각난다.

군이 도전하려 들지 않아도 될 것이다. 나는 슈퍼카가 아니니까. 주마간산은 이제 그만. 이젠 두 바퀴 자전거에 올라 천천히 페달을 밟으며 길가의 아름다운 꽃과 나무를 보고 온정 넘치는 사람들과의 더 다양한 만남도 놓치지 말아야겠다. 이젠 그런 여행을 해야겠다. 이토록 아름다운 세상을 서행하며 제 속도에 맞추어 살련다.

여행이 내 인생을 망가뜨렸다. 그럼에도 불구하고 나는 또다시 길을 나선다. 그대여! 속도를 늦추시오. 볼거리가 아주 많이 있소. 좋은 사람은 더더욱 많소. 그로 인해 인생은 더욱 아름다워질 것이오!

협곡 사이를 밝게 비추는 촛불 사이를 걷다 도착한 나이트 페트라는 내 삶을 통째로 되돌아보게 했다.

선생님, 어디어디 갔다 왔어요?

본문에 나온 여행 목록

2010. 06 ~ 07.	유럽 8개국 _ 독일, 프랑스, 이탈리아, 슬로베니아, 오스트리아, 헝가리, 폴란드, 체코
2012. 05.	오스트레일리아
2012. 12.	일본 대마도
2013. 06 ~ 07.	미국
2014. 01.	홍콩, 마카오
2014. 09.	일본 도쿄
2015. 05.	미국 _ EBS 〈세계테마기행〉 촬영
2015. 08.	중국 칭다오
2016. 01.	캐나다
2016. 08.	일본 도쿄
2017. 01.	아프리카 _ 나미비아, 남아프리카공화국 중동 _ 아랍에미리트, 카타르
2017. 01.	대만
2018. 01.	남미 6개국 _ 페루, 볼리비아, 칠레, 아르헨티나, 우루과이, 브라질
2019. 01.	지구 한 바퀴 _ 미국→멕시코→쿠바→프랑스→이집트→아랍에미리트→요르단

※ 이 책에서 미처 다루지 못한 여행도 중간중간 많이 다녀왔다는 놀라운 사실…

선생님,
또 어디 가요?

이중생활자 박선생의 싸4가지 없는 여행기

ⓒ 박동한 2019

1판 1쇄 발행 2019년 12월 16일
1판 4쇄 발행 2022년 11월 4일

지은이 박동한
펴낸이 황상욱

기획 윤해승 **편집** 윤해승 이은현 오효순
디자인 최정윤 **마케팅** 윤해승 장동철 윤두열 양준철
경영지원 황지욱 **제작처** 더블비(인쇄) 중앙제책(제본)

펴낸곳 (주)휴먼큐브
출판등록 2015년 7월 24일 제406-2015-000096호
주소 03997 서울시 마포구 월드컵로14길 61 2층

문의전화 02-2039-9462(편집) 02-2039-9463(마케팅) 02-2039-9460(팩스)
전자우편 yun@humancube.kr
ISBN 979-11-88874-47-7 03810

트위터 @humancube44 페이스북 fb.com/humancube44